地獄耳2

金座の紅

和久田正明

時代小説

二見時代小説文庫

目次

地獄耳 2——金座の紅《べに》

第一章　坊主娘

一

寒月冴《さ》え渡った宵《よい》である。

下谷新寺町通《したやしんてらまちどお》りのとある寺の門前に、燗酒屋《かんざけや》の屋台が出ていて、本卦帰《ほんけがえ》り（還暦）をした三人の老人が額を寄せ合って酒を飲んでいた。

一人は屋台の親父、二人は客の町方同心と岡っ引きで、空樽《あきだる》に並んで掛けている。親父も同心から酒をふるまわれている。

彼らは世事一般を慨嘆《がいたん》していて、近頃の若い男たちの軟弱ぶりや女のふしだらなどを俎上《そじょう》に上げ、世も末だと嘆くこと頻《しき》りとなり、酒量も増してゆく。

そのうち親父が同心へ話をふって、

「旦那、また新しい小判が出るってえ噂なんだが、本当なのかね」

同心は苦々《にがにが》しい顔になり、

「その噂は確かにある。困ったものじゃよ。そうなればまたぞろ質の悪い小判が出廻って物の値が上がり、下々《しもじも》に皺《しわ》寄せがくる。お上《かみ》が恨《うら》まれるのは目に見えておるわ」

元禄《げんろく》以降、貨幣の改鋳《かいちゅう》が盛んに行われ、金銀の含有量が次第に低下した。そのため通貨の相場が絶えず変動し、金貨の質が落ちれば銀貨と銭の相場が狂い、また銀貨の質が悪くなると、今度は金貨の値が下がるといった具合に、悪循環《あくじゅんかん》を繰り返す結果となっている。

「けど御公儀の台所も苦しいんじゃねえのかなあ。諸国じゃ凶作や飢饉《ききん》が相次いでるってえから、小判を造らざるを得ねえんでしょ」

岡っ引きが言うと、同心は苦い酒を飲み、

「まあ、それはそうなんじゃが……あ、いやいや、やめておこう。われら木っ端《こっぱ》役人は御政道に口出しをしてはならんのじゃ。その話はもうするでない」

「へ、へえ」

岡っ引きは鉾《ほこ》を納める。

話が途切れたところへ、一人の男がのっそりと屋台へ入って来た。とたんに男は客が役人たちとわかって内心で烈しく狼狽《ろうばい》した。田舎臭《いなかくさ》い間抜け面《づら》で、不精髭《ぶしょうひげ》を生やし、大きな唐草模様《からくさもよう》の風呂敷包みを背負っている。絵に描いたような泥棒姿だ。

「へい、らっしゃい。酒でござんすね」

親父が言うのへ、男は引っ込みのつかない様子でどぎまぎとしながら、もう一つの空樽に及び腰で掛けながら、

「へっ、まっ、ほんのいっぺえだけ飲まして下さりゃいいんで。銭ならここにきちんと」

屋台の台に何枚かの銭を並べた。

同心と岡っ引きは、うさん臭く男を見ている。

男は親父の出す酒を、喉《のど》を鳴らしてゴクゴクと急いで飲み、

「ああ、うめえ、五臓六腑《ごぞうろっぷ》に沁《し》み渡らあ。ご馳走《ちそう》さん。それじゃあっしはひと足お先に」

同心たちへ頭を下げ、せかせかと逃げるように行きかけた。

「これ、待たぬか」

同心の声が掛かった。

男がギクッとして動けなくなる。

「その荷のなかのものを改めたい。見せてくれ」

「あっ、いやあ、こいつぁとてもお見せするようなしろもんじゃござんせんので。何《なに》卒《とぞ》ご勘弁を」

しどろもどろで言い、逃げかかる男の腕を岡っ引きがむんずとつかんだ。

「旦那が待てと言っていなさる。下手《へた》に逃げを打つと、あらぬ疑げえをかけられるぜ」

「なっ、もっ……」

男は絶望するや、諦めが早く、泣きっ面になってその場にへたり込んだ。

岡っ引きが男の後ろに廻って風呂敷包みを引きずり下ろし、手早く荷を解いた。なかから出て来たのは呉服類で、高価そうな小袖《こそで》や帯などであった。

「なんでえ、こいつぁ。説明しやがれ」

岡っ引きが居丈高《いたけだか》になった。

「へ、へい、こいつぁ室町《むろまち》一丁目の呉服店にへえって、ちょっとばかり拝借してきたもんで」

「拝借ではあるまい、盗んできたのであろうが。有体《ありてい》に申せ」

同心に叱責《しっせき》され、男は平伏して、

「どうかお目こぼしを。ほんの出来心だったんでごぜえやす」

三拝九拝《さんぱいきゅうはい》する男のふところから、金糸銀糸の袱紗《ふくさ》がチラッと覗いていて、さらにそれを怪しんだ岡っ引きがすばやく引き抜いた。金包みのようだ。

「む？　なんでえ、こりゃ」

岡っ引きが血相変えて中身を調べる。

小判が数枚出てきた。数えると十両だ。

同心と親父は目を剝《む》く。

「おめえ、でえそれたことしやがったな」

「も、申し訳ござんせん」

「それも呉服店から拝借してきたのか」

同心が詰問すると、男はそれを否定し、

「いえ、これは違うんで」

「どこで手に入れた」

同心が畳みかけるや、男が真相を吐いた。

「死げえのふところから、拝借してめえりやした」

二

「どんな死骸だ、男か？　女か？」

烏丸菊次郎《からすまきくじろう》が、女将《おかみ》お蔦《つた》に問い返した。

そこは日本橋瀬戸物町《にほんばしせともの ちょう》にある飛脚問屋伏見屋《ひきゃくどんやふしみや》の土蔵のなかで、密談場所に使っている中二階にある八帖間だ。

二人の周りにいるのは、番頭鈴之助《すずのすけ》、飛脚麦助《むぎすけ》、千代吉《ちよきち》、娘飛脚お京《きょう》である。

「仏さんは妙齢《みょうれい》の娘さんだったそうです」

お蔦が即答する。

「うむ、それで」

「胸をひと突きにされて、下谷の清雲寺《せいうんじ》という無住寺に横たわっていたんですけど、それが……」

「どうした」

「娘さんの身装《みなり》は町人のものでしたが、町方のお役人が骸《むくろ》を改めていると、鬘《かつら》がぽろっと落ちてつるつるの丸坊主が露見したらしいんです。それで大騒ぎに」

菊次郎が目をキラッと光らせ、鈴之助たちも色めき立った。

「娘は尼僧《にそう》だったというのか」

興味深い口調で、菊次郎が言った。

「はい、そうとしか」

「うむ……」

菊次郎は腕組みして考え込み、

「こいつはとんでもない事件ではないか。尼僧が鬘を被《かぶ》って町娘の恰好で出掛けると
なれば、男と逢引《あいび》きするとしか思えんが」

「あたしも初めはそう思いましたが、そうなると泥棒が仏のふところから盗んだ十両
の金子《きんす》が解《げ》せません。男に逢いに行くのに女がそんな大金を持ち出しますか」

「なんぞわけがあるのであろうな」

「それになぜ殺されたかです」

さらにお蔦が言う。

菊次郎はまた「うむ」と唸《うな》る。

鈴之助が割って入り、

「しかし仏が尼僧となりますと、町方は手が出せませんね」

「詮議《せんぎ》はひそかにお寺社方《じしゃがた》に廻ったそうよ。でも仏の身許《みもと》が不明で難儀しているとか。いったいどこの尼寺の尼さんなのか……」

言いながら、お蔦が菊次郎を見た。

菊次郎は得たりとなってうなずき、うす笑いで、

「寺社方としても大いに困るであろうな。そんな降って湧いたような奇《き》っ怪《かい》な事件は、手に余るのではないのか」

含んだ目で一同を見廻した。

全員が暗黙の了解の顔になった。

彼らのことを人呼んで〝地獄耳〟という。

名もなき庶民のため、市井《しせい》で勃発《ぼっぱつ》する事件に目を光らせ、犯科《はんか》を未然に防ぐことを目的とし、飛脚問屋伏見屋を隠れ蓑《かくみの》に日夜隠密活動を行っている。

犯科を防ぐこと叶《かな》わねば、夜陰《やいん》に乗《じょう》じてとむらい合戦をしてやり、悪人儕《ばら》を再起不能にする。あるいは根を断つ。市井に限らず、大名、旗本、御家人《ごけにん》ら、武家の犯科をも見逃さない。

束ねの鳥丸菊次郎は二十の後半、身分は奥祐筆組頭《おくゆうひっくみがしら》である。躰《からだ》が大きく、背丈は

五尺八寸余（約百七十五センチ）で、髷《まげ》を大銀杏《おおいちょう》に結い、鉄色の着流しを着て御家人風を装っている。色浅黒く、男ぶりよろしく、一見ものやわらかだが時に眼光が鋭い。

奥祐筆は老中《ろうじゅう》の用部屋近くに詰所を持ち、老中の文案を記録し、古例に徴《ちょう》して事の当否を決定するお役で、機密文書を扱うがために権威がある。因《ちな》みに奥祐筆と並んで表《おもて》祐筆というお役もあるが、こちらは機密事項に関与しないので奥祐筆より格下となる。

奥祐筆組頭の定員は二人、下僚として奥祐筆衆二十人余を支配している。四百俵高で役料二百俵が加算される。わかり易く言えば菊次郎は六百石取りの旗本ということだ。ほかに御四季施代《おしきせだい》として、年に二十四両二分が現金で支給される。

奥祐筆の分掌《ぶんしょう》としては、勝手《かって》係、仕置《しおき》係、隠居家督《いんきょかとく》係、縁組官位補任《えんぐみかんいほにん》係、寺社係、屋敷《やしき》係、証文《しょうもん》係の七つに分けられている。

菊次郎はこのなかの第一である勝手係を務めている。老中の許《もと》に提出された出納《すいとう》に関する書類を吟味《ぎんみ》、調査するもので、老中が命じた他の件をも念入りに精査し、意見を具申《ぐしん》する。

つまり奥祐筆は、幕閣最大の権力者である老中のお目付役ということなのだ。これは勘定《かんじょう》奉行に対しての、勘定吟味役とおなじである。

ここでさらにもう一つ、菊次郎が兼務しているお役がある。

それは『和学御用《わがくごよう》』なる役職で、法制、歴史を中心に官職、公事《くじ》、有職故実《ゆうそくこじつ》などに関する書籍の調査、研究、和学方面の学者との交渉をこなす。こちらは扶持米《ふちまい》は支給されず、年に五十両を現金で貰う。

ことほど左様に烏丸菊次郎という男は、幕府高官の奥祐筆であると同時に、和学御用も掌《つかさど》る学者侍なのである。

尚この和学御用なるお役は、享保《きようほう》年間に八代将軍吉宗《よしむね》が設置したもので、以降もこうして継続されている。

さらにもう一人、菊次郎の相役《あいやく》で建部内蔵助《たてべくらのすけ》という男がいる。菊次郎よりやや年上の竹馬《ちくば》の友である。地獄耳の隠密活動はこの二人で立ち上げたもので、しかるに軍資金はひそかに幕府から出ている。二人の上に幕府高官の後ろ楯《うしだて》がいるのだ。それでなくては浮世の掃除はできない。

内蔵助は内神田佐柄木町《うちかんださえきちよう》、菊次郎は隣り町の雉子町《きじちよう》に拝領屋敷がある。隠密活動に実際的に動き、指揮を執《と》っているのは菊次郎だから、彼の一日はめまぐるしい。

拝領屋敷を出て登城し、城内で執務して町場へ下りて来ると、伏見屋へ現れ、そこでは居候《いそうろう》のような顔をして市井の事件に耳を傾ける。

居候の体裁《ていさい》は戯作者《げさくしゃ》を気取っていて、流行作者十返舎一九《じっぺんしゃいっく》の弟子を名乗っている。一九は滑稽本《こっけいぼん》の傑作『東海道中膝栗毛《とうかいどうちゅうひざくりげ》』で鳴らしている大作家だ。これには本人の許しを得てあり、『十返舎馬風《ばふう》』という筆名を菊次郎は考えた。但しこれはあくまで偽装工作の一環だから、菊次郎自身は戯作など書いたこともない。

女将お蔦とお京は大名家の警護がお役の元別式女《べっしきめ》で、鈴之助、麦助、千代吉は奥祐筆衆から菊次郎が抜擢《ばってき》した出向組だ。それぞれに本名があり、屋敷もあって、今名乗っているのは町場に則しての変名で、全員の素性《すじょう》は武家なのである。

伏見屋では他に二十人余の飛脚を抱えているが、これらはあくまで本職で、菊次郎らの裏の顔は知る由《よし》もない。つまり二十人は世間へのめくらましということになる。

世間の噂や情報をすばやく聞き込んで対応し、事件の臭いを嗅ぎつけるや、短兵《たんぺい》急《きゅう》に行動を開始する。

彼らが地獄耳たる所以《ゆえん》なのである。

三

町奉行、勘定奉行は旗本のなかより任命されるが、寺社奉行は五万石から十万石級の大名から抜擢される。

全国の社寺、及び寺社領の人民、神官、僧侶、楽人《がくじん》、連歌師《れんがし》、陰陽師《おんみようじ》、古筆見《こひつみ》、碁《ご》、将棋師《しようぎし》、また徳川家《とくがわけ》に縁故のある農工商らを支配し、その訴訟を裁く。大名ゆえ幕府直属の与力、同心の配属がなく、お役には家臣を用いる。

寺社方の役人として大検使《だいけんし》、小検使《しようけんし》などともっともらしいお役を設《もう》けてあるが、他の案件はともかくとして、江戸で起こった犯科絡みと思われる事件を詮議するのは容易ではない。彼らはあくまで地方出身の藩士であり、江戸の事情に決して明るくはなく、捕物には不向きなのだ。

そこで寛政《かんせい》の頃、評定所《ひようじようしよ》から人を出すことになり、寺社方に配属させて職能を果たすことになった。それが吟味物調役《ぎんみものしらべやく》である。

今の寺社奉行は阿部主計頭正精《あべかずえのかみまさきよ》、吟味物調役は伊藤虎二郎《いとうとらじろう》という。

伊藤は百五十俵二十人扶持で、江戸城焼火の間《たきびのま》にれっきとした席を与えられている。

その日も伊藤は肩衣半袴《かたぎぬはんばかま》の定服姿で、用部屋にて小机に向かって執務をしていた。二十半ばで、今のお役を全うすると勘定組頭に昇進する慣例なので、日々落ち度がないように励んでいる。

そこへ奥坊主が呼びに来た。

奥祐筆組頭烏丸菊次郎様が、御用の向きだと言う。伊藤は内心で驚いた。日頃奥祐筆などとの接触はなく、何用かと面食らうばかりだ。

それでなくとも、昨夜下谷で起こった尼僧の怪死事件で伊藤は頭を痛めており、それをどう詮議するか、集中したいところだから、なるべくほかのことで引っ張られたくなかった。

（なんだろう、しかしやむを得んな）

執務を中断して重い腰を上げた。

中の間と土圭《とけい》の間の間にある奥祐筆の用部屋へと急ぐ。

人払いがなされていて、伊藤は烏丸菊次郎と対面した。緊張のあまり、骨まで軋《きし》みそうになる。

「固くならんでくれ」

鷹揚《おうよう》な口調で菊次郎が言った。伊藤とおなじ城中での定服姿だが、その物腰には余裕が感じられた。気鋭の士であることは伊藤も仄聞《そくぶん》していたが、人となりまではわからない。

庭先の梅の木でのどかに鶯《うぐいす》が鳴いた。

「下谷の無住寺で、尼僧の死骸が上がったそうだな」

小心者の伊藤は驚天動地《きょうてんどうち》の驚きとなる。なぜその事件を奥祐筆が知っているのか。それを自分に尋ねてどうしようというのか。

「はっ、如何《いか》にもその通りにござる。よくご存知で」

「地獄耳だからな」

ひそかに菊次郎の目は笑っている。

「あ、はっ……して、何をお尋ねに」

「係がその方と聞いた」

「左様でございます」

「どこまで詮議は進んでいる。そこが知りたい。仏の身許は判明したのか」

「い、いえ、それが……手掛かりになるものが何もなく、難儀致しております。市中の各尼寺に触れを出し、行く方知れずになった尼僧はいないか、問い合わせているところでして」

「どこからも答えはなしか」

「御意《ぎょい》」

「困ったな」

「困り果てております」

つい本音を言ってしまった。

「詳《つまび》らかな経緯が知りたい」

「はっ」

奥祐筆がなぜ知りたいのか。もしや事件に首を突っ込むつもりなのか。目の前にいる菊次郎からは何も読み取れない。しかし相手の身分が上なのだから、逆らうことは許されない。詮索《せんさく》するのも失礼だ。

「申し上げます」

泥棒は上州無宿《じょうしゅうむしゅく》丑松《うしまつ》といい、屋台の同心に話した通り、室町一丁目の呉服店に忍び込んで着物や帯を盗み、夜道を駆って下谷へ帰って来た。住まいが坂本村《さかもとむら》の長屋なのだ。その途中、無住の清雲寺に立ち寄った。丑松の話によると、寺のなかで怪しい人影を見たからだと言う。

「どんな人影だ」

菊次郎が伊藤に問うた。

「いえ、人相も何も、真っ暗で男か女かもわからぬと」

「一人だったのか」

「丑松が見たのは一人ということです」

「それから」

「寺に何かあるのではと思い、なかへ入って行くと、本堂に町娘が胸をひと突きにされて横たわっていたそうなのです。仰天《ぎょうてん》して立ち去ろうとしたところ、娘の帯の間に袱紗があるのを目にし、取り出すと小判が十枚あったので、それを奪って逃げたと丑松は申しております」

「なるほど」

「思わぬ十両を手にした喜びに、丑松はまっすぐ家に帰る気になれず、燗酒の屋台が出ていたので一杯ひっかけようとしたのが運の尽きでした。居合わせた同心と岡っ引きに怪しまれ、御用と相なったのです」

「役人のいる屋台に立ち寄るとは、間抜けな泥棒だな」

「はっ、仰《おお》せの通りかと」

「亡骸《なきがら》は今どこにある」

「本所回向院《ほんじょえこういん》に預かって貰っておりますが」

「十両の金は」

「当方が管理しております」

「偽小判ではなかったか」

「それも確かめました。勘定方を呼んで調べたところ、正真正銘の元文《げんぶん》小判でございました」

「そうか。では一筆《いっぴつ》書いてくれんか」

伊藤は面食らう。

「な、なんと仰せに？」

「おれが直《じか》に死骸を改める。調べたいのだ。まだ荼毘《だび》に付してはおるまい」

「本日の日暮れを予定しておりますが」

「おお、すんでのところで間に合ったか。ついては係であるその方の御墨付《おすみつき》が入り用だ」

「何ゆえでございますか。真意をお聞かせ下さいまし。奥祐筆殿が詮議するとは前代未聞にござる」

「いいから、好きにさせてくれ」

「いや、しかし」

「何かわかったら報告は上げる。よいな」

菊次郎に目で刺され、伊藤はそれ以上何も言えなくなった。

しかし難儀な事件をこの人が肩代りしてくれるならそれもよいと、どこかでホッとする気持ちもあった。

四

本所回向院には、奥医師村山道節《むらやまどうせつ》をつき合わさせた。

道節は菊次郎とはおなじ年で、殿中にいる他の医師よりは親しく、信頼している男だ。

奥医師には法印《ほういん》医師と法眼《ほうげん》医師とがあり、全員で十六人、道節は法印である。二百俵高で、御番料も二百俵支給されている。つまりは四百石だ。

柳《やなぎ》の間に道節を迎えに行き、「女の躰を調べて貰いたい」と菊次郎が言うと、退屈な務めにうんざりしていた道節は喜んでついて来た。衣服は編綴《へんとつ》、即ち十徳《じっとく》という羽織を熨斗目《のしめ》着流しの上から着ている。

しかし本所回向院まで来ると、ようやく事情がわかったらしく、

「調べるのは女の骸ですか、烏丸さん」

がっかりした様子で道節が言った。小柄だから着物のなかで躰が泳いでいる。

回向院は明暦《めいれき》の大火をきっかけにして、罹災者《りさいしゃ》や行路病者《こうろびょうしゃ》らの死骸を引き取ってとむらう寺とされ、以来、国豊山無縁寺《こくぶさんむえんじ》回向院と呼ぶ。境内《けいだい》で大相撲《おおずもう》の興行が行われるのもここだ。

菊次郎は住職に会い、伊藤虎二郎の御墨付を見せて、尼僧の遺骸の検分を申し出た。寺社方吟味物調役の捺印《なついん》がある上は、住職とて否《いな》やは言えない。

遺骸は庫裡《くり》の一室に安置されていた。薄い夜具に仰臥《ぎょうが》し、数珠《じゅず》を握った手を前で組まされている。

白布を取ると、顔立ちの整ったほっそりとした娘だった。年の頃なら二十歳《はたち》ぐらいか。

「気の毒だな、勿体《もったい》ない」

菊次郎がつぶやき、嘆いた。

道節も横から覗いて、

「剃髪《ていはつ》とは申せ、尼僧というのもなかなか色気がありますな。そそられますぞ」

「不謹慎《ふきんしん》なことを申すな」

よく言うよ、自分だってと思いながら、道節は菊次郎に検死してくれと言われ、早《さっ》速《そく》取りかかった。

道節はまずは娘の夜具を剝ぎ、白絹の夜着《よぎ》の細紐《ほそひも》を解いて、一気に前を開いた。真っ白な女体が晒《さら》され、形のよい乳房が露《あらわ》になった。心の臓に深い刺し疵《きず》があり、鋭利な刃物でひと突きにされたことがわかる。娘の首は長く、胴のくびれがしなやかで、陰毛は濃いから情が深そうに思える。

「この張りのある乳の形から見ますと、仏は精々《せいぜい》二十かと。首筋や肌に男の痕跡《こんせき》はなしと……つまり歯で嚙《か》んだ痕《あと》や唇で吸った痕ということです。次に生娘《きむすめ》かどうかを調べましょうほどに、あちらを向いていて頂きたい」

菊次郎が躰の向きを変えた。

道節は医師の顔になり、娘の陰部へ指先を差し入れて調べ始める。

「どうだ」

菊次郎が背中で聞いた。

道節は何も言わない。

「これ、所見を申せ」

「この仏は男を知っておりますな」

「では生娘ではないと」

「はい、充分に使っております」

「そういう言い方をするな」

「何を申しますか、医師の言葉ですぞ。きれいごとは通用しません」

「わかった。ほかに何か」

「子は産んでおりません。男は知っていても汚れや淫《みだ》らはない」

「どういうことだ」

「貝の口は固く閉じております。清らかな証拠です」

菊次郎がふっと苦笑し、

「男を知っていて清らかとはこれ如何に」

「世の中には不本意な媾《まぐわ》いというものもありましょう。事情があってやむなく躰を開いたのでは。まっ、そこはいろいろと……」

「よくわからんな」

「それはそちらでお調べを」

菊次郎は何も言わず、もう一度遺骸の顔を眺めた。

娘が理不尽《りふじん》な死を訴えているように思え、菊次郎は表情を引き締めた。
（かならずおれが下手人《げしゅにん》をひっ捕え、白日《はくじつ》の下《もと》に晒してやる。約束するぞ）
心に念じた。

五

伏見屋を空《から》にするわけにはゆかないから、番頭鈴之助を店に残し、お蔦の采配の下《もと》に麦助、千代吉、お京は下谷から浅草界隈《あさくさかいわい》の尼寺を駆けめぐった。この数日の内で、行く方知れずになった尼僧を探すためである。

尼寺だけに男子禁制なので、お蔦とお京は構わないが、麦助と千代吉は寺の門前で声を掛け、なかにいる尼僧に異変のあるなしを問うた。もどかしかったがやむを得ない。

いずれの場合も、寺社方の手先と嘘も方便を言って聞き込むも、なかなか成果は得られなかった。

尼僧の失踪などそうそうあるはずもなく、またあったとしても、いきなり問われて正直に答えるとも思えない。

二日が経って苦労の甲斐《かい》があり、お京が吉報をつかんできた。浅草新堀川《しんぼりがわ》沿いに妙楽寺《みようらくじ》なる尼寺があり、そこの庵主心月院《あんしゆしんげついん》から、行安尼《ぎようあんに》という若い尼僧の失踪を打ち明けられたのだ。年や容貌は菊次郎から聞いたものと、まさに一致するではないか。

探索は行安尼に絞られた。

四人は無駄骨を承知で根気よく聞いて廻った。

三日目の昼過ぎになって、集合場所に決めた三味線堀《しやみせんぼり》の茶店に全員が集まった。黄粉餅《きなこもち》を食いながらの談合となる。

「行安尼って子は渋谷村《しぶやむら》の出なんだけど、親兄弟とは離別したみたいね。父親が大酒飲みで、百姓の家を潰したそうよ」

三十のお蔦が言う。派手な顔立ちの、目に色気のある女だ。しかし本人はお役に忠実で、律儀な堅物《かたぶつ》なのである。

「ええ、あたしの方の調べもおなじことを。行安尼はこの世を空しく思って出家したのかも知れません」

そう言うお京は十八で、年より幼く見え、可憐な面立ちのおきゃんである。その持ち味に助けられ、町人社会にうまく溶け込んでいる。彼女が剣術使いの別式女とは、世間の誰も思わない。

「こっちはもっと詳しくつかめましたよ。行安尼の俗名はお清《きよ》というのです」

麦助が言うと、千代吉が継《つ》いで、

「どうやらお清には、出家したことを悔やんでいるような節が。そのようなことをほかの尼寺の尼僧に、最近になってこっそり打ち明けています」

男二人は二十の半ばで、特別なお役に抜擢されるだけあって、共に精悍《せいかん》な面構えをしている。

「悔やんでいるとしたら、やはり陰に男がいるんじゃないのかしら」

お蔦が察しをつけると、麦助がうなずき、

「しかも相手は六部《ろくぶ》なんですよ」

「あら、嫌《いや》だ、よりによって」

お蔦が呆れる。

六部とは『六十六部《ろくじゅうろくぶ》』の略で、法華経《ほけきょう》を六十六部書き写し、日本六十六の札所《ふだしょ》を巡礼して一部ずつ納めて遍歴する行脚僧《あんぎゃそう》のことをいう。だがこの時代になると経を納めることはなくなり、諸国の社寺を巡拝するだけになった。物乞《ものご》い坊主と変わらないのだ。

「そいつの名前は」

お蔦の問いに、麦助が答える。

「覚全《かくぜん》です」

「居場所はわかってるんですか」

お京が身を乗り出して言う。

「花川戸《はなかわど》の木賃宿《きちんやど》を定宿《じょうやど》にしてるそうです。覚全は行脚するなかで、行安尼と知り合ったのかも知れません。殺害は情痴《じょうち》のもつれということも考えられます」

確信の目で麦助が言うと、お蔦は疑惑を浮かべて、

「そんな単純なものかしら。まだ十両という金子の謎が残ってるわ」

六

庵主の心月院は読経を終えると香を焚《た》き、心静かに茶を喫《きっ》していた。

新堀川沿いにある尼寺妙楽寺である。

心月院は上品な初老の尼僧で、頭巾《ずきん》はせずに青々と剃《そ》り上げた剃髪をそのままに、墨染《すみぞめ》の衣《ころも》を身に纏《まと》っている。

そこへ雛僧《ひなそう》が来客を告げにやって来た。雛僧はまだ十歳ほどの少女だが、すでに出家の身となり、放月《ほうげつ》という法名を得ていた。

心月院が席を立って庫裡へ向かい、放月は立ち去った。

庫裡でお蔦とお京が座して待っていた。

こんな夜分に申し訳ありませんとお蔦が言うのへ、心月院はにこやかに笑い、構いませぬ、人恋しかったところですと愛想を言い、

「して、行安尼の行方はわかりましたか」

お蔦は恐縮の体《てい》になり、身も細るかのような風情《ふぜい》を見せて、「はい」と言った。お京は口を入れず、目を伏せている。

心月院がお蔦の次の言葉を待つ。

「行安尼様は御仏にお仕えするお立場をお忘れになられ、道ならぬ恋に身を焼いた末、仏道に背《そむ》いたようでございます」

「もそっとはっきり申して下され」

「はい。有体《ありてい》に申せば、覚全殿と申す六部僧と駆け落ちを致したのです」

花川戸の木賃宿へお蔦とお京が行くと、覚全と行安尼は切羽《せっぱ》詰まった様子で旅支度をしているところだった。二人は唐紙《からかみ》一枚隔てた廊下で、覚全と行安尼の恋し合う濃

密なやりとりを息を殺して聞き、あえて介入せずに立ち去った。

行安尼は覚全と駆け落ちするつもりで、妙楽寺を出奔《しゅっぽん》したのだった。それで行安尼の安否は確認できたものの、事件は振出しに戻ってしまい、お蔦とお京は落胆した。

心月院には多くを語っておらず、また寺社方の手先だなどという偽りを言っているだけに、お蔦は気が引けてならず、報告だけ済ませ、お京をうながして早々にその場を辞そうとした。

すると心月院がそれを止めるようにして、

「お二人のご身分は武家ですね」

二人の立ち居振る舞いを見破って言った。

何も言わず、二人は座り直す。

「寺社方の手先と申すのも偽りでございましょう。いえ、問い詰めるつもりはないのですよ。ただ何があったのか、詳らかに知りたいと思いまして」

お蔦とお京は迷いを浮かべ、黙っている。

「申せぬのなら構いませぬ。どうぞお引き取りを」

「あ、いえ、申し上げます」

万事お見通しのこの人の前で、お蔦はもはや誤魔化《ごまか》しはできぬと思い、

「三日前に下谷の無住寺で、殺害された娘の死骸が見つかり、それが鬘を被った剃髪だったところから、尼僧と踏んで探索しておりました」

「なるほど。それで行く方知れずとなった行安尼が、もしや殺害された娘御と思われたのですね」

「はい」

「して、お二人のご身分は」

心月院が二人を交互に見て言った。

「それはどうかご勘弁下さいまし。確かに寺社方の者ではございませんが、お上の手先であることに相違はありません」

心月院はうなずき、お蔦の言葉を反芻《はんすう》するようにして、

「剃髪であった若い娘が鬘を被り、殺害されていたのですね」

「はい」

心月院はじっと物思いに沈む。

「どうなされました」

お京が初めて口を切った。

「お待ちを。些《いささ》かひっかかることが」

お京が「えっ」と言い、お蔦と見交わす。

「妙な噂を耳に致し、気に掛けていたところなのです」

そう言うと、心月院は「これ、放月」と雛僧を呼んだ。放月がしずしずとやって来て畏《かしこ》まる。

「十日ほど前、おまえはわたくしに奇妙な話を聞かせてくれました」

「あ、あの件でございますか」

怯《おび》えたような口調で、放月は言う。

「そうじゃ。その話をこの方々に聞かせて差し上げなさい」

お蔦とお京が放月を見守った。

放月は二人に向かってぺこりと頭を下げ、

「念珠屋《ねんじゅや》の文六《ぶんろく》さんから聞いたのです」

念珠とは数珠《じゅず》のことで、文六というのは妙楽寺に出入りの数珠職人だ。尼寺に品物を納めるのは女房の仕事だという。

「なんでも、どこかで美しい娘さんを探していて、もし心当たりがあって教えてくれたら褒美《ほうび》をくれると、文六さんは言うのです」

「どんなご褒美？」

お京が聞く。

「お足《あし》です。教えてくれた人に二分、本人には十両だそうです」

十両という金高に、お蔦とお京はサッと表情を引き締め、

「その件は文六という人が一人で仕切っているのかしら」

お蔦が問うと、放月は困惑して、

「いいえ、そうでもないような……」

「その人以外にも誰か関わっているのね」

これはお京だ。

「わたしは詳しいことは何も。文六さんからそういう話を聞いただけなので。どうして美しい娘を探しているのかはわかりませんが、おかみさんには内緒のようなのです。あまり妙な話なので、庵主様に打ち明けました。文六さんはそうやっていろんな人に声を掛けているようなのです」

七

世間の誰もが数珠を持つようになったのは明治になってからで、この時代、念珠職

人の数は極めて少ない。だが寺社や仏具商などからの注文は尽きないので、念珠屋の文六は大忙しである。

浅草雷門《かみなりもん》前にそこそこの家を構え、弟子も大勢取り、羽ぶりがいい。数珠作りは奈良《なら》で修行したものだ。

広い板の間の仕事場で弟子たちが台座に向かい、舞錐《まいぎり》で数珠に穴を開ける作業をつぶさに見ては、あれこれ指図している。文六は三十半ばの男盛りだ。

そのうち日が暮れてきて、文六は落ち着きがなくなり、女房に下谷の寺の名を出し、呼ばれているから行って来る、飯はいいと言い残して家を出た。

子供が大勢いるから、女房は亭主の行く先など気にせずに見送った。子供たちと弟子らの飯を、これから作らねばならないのだ。

しかし文六が向かった先は下谷ではなく、橋場《はしば》の方だった。女房に内緒で女を囲っているのである。

冷たい大川《おおかわ》の風に吹かれ、毛羽織を着込んだ文六がやって来ると、目の前に見知らぬ男と女が立った。菊次郎とお蔦だ。

「念珠屋の文六だな」

菊次郎に言われ、文六は顔を強張《こわば》らせて、

「左様でございますが……」

夕暮れの道で侍にいきなり声を掛けられれば、町人なら誰しもが怖気《おじけ》づく。

「ちょっとつき合ってくれ」

そう言い、菊次郎は背を向けて勝手に歩きだした。

戸惑っている文六の腕を、お蔦がやんわりつかんだ。

「すぐそこの自身番《じしんばん》で話を聞きたいだけなんですよ」

「えっ、自身番へ？」

青くなる文六に、お蔦が囁《ささや》く。

「なんぞ都合の悪いことでも？」

「あ、いえ、何も。そんなことあるわけないじゃないですか」

花川戸の自身番の奥の間を借り、菊次郎とお蔦は文六と座して向き合った。

こういう場合、菊次郎は自身番の家主たちへ、身分を偽らずに奥祐筆の手札を見せる。町方より遥かに上の存在で、ましてや老中の花押《かおう》が印《しる》してあれば大抵の者は恐れ入る。花川戸の自身番の家主たちも、それで口を閉ざした。

「おい、おまえは美しい娘を探しているそうだな」

菊次郎が切り出すと、文六は目を慌てさせて色を変えた。

「美しい娘を探した者に二分、本人に十両とは尋常ではないではないか。それどころか聞いたこともない話だ」

「あっ、えっ……」

文六がしどろもどろになる。

「どういうことなのだ、それは」

菊次郎が説明を求めた。

「頼まれたんでございます」

「誰にだ」

「…………」

文六がうなだれ、押し黙った。言うのをためらっているようだ。

「誰から頼まれたかと聞いている」

菊次郎の語気が強くなった。

「おまえ様方は、いったいどこのどなた様なので？」

文六は恐る恐る聞く。

「お上の者と思え」

菊次郎の返答はぶっきら棒だ。

「町方のお役人様ではないのですか」

「それは違う。だがおまえに名乗るつもりはない。またその必要もない。こっちの聞くことにだけ答えろ」

「そう申されましても……」

文六は口籠《くちご》もる。

お蔦が脇から口を入れて、

「おまえさん、なんぞ後ろ暗いことでもしているのかえ。疚《やま》しいことのひとつやふたつあるってのかい。それならそれでこっちにも考えがありますよ」

脅すように言われ、文六は慌てる。

「め、滅相《めっそう》もない、悪いことなんてしてませんよ。仕事は繁昌してますし、引く手あまたでてんてこ舞いの毎日なんですから」

「そうらしいですね、おまえさんのことは調べ済みさ」

「だったら……」

「だったら正直になんでも言うのね、文六さん。女房子が可愛いんでしょ。橋場の若いお妾《めかけ》さんだって可愛くてならないはずよ」

訳知りにお蔦が言った。

「何もかもお見通しなんですか」

文六の躰から力が抜ける。

菊次郎がぐっと怕《こわ》い目を据《す》え、

「もう一度聞く。誰に頼まれた」

暑くもないのに、文六は手拭いでごしごし額《ひたい》を拭き、

「昨日今日《きのうきょう》知り合ったばかりでよく知らない人なんです。入谷《いりや》の方に住む巳之介《みのすけ》さんという人で、深川《ふかがわ》の料理屋で知り合いました」

「どうやって知り合った」

「そこでちょっとした揉《も》め事《ごと》があって、あたしが迷惑していると、巳之介さんが口を利《き》いて助け船を出してくれたんです」

「その揉め事とはどんなことだ」

「土地の地廻りにつまらないことで言い掛かりをつけられたんです。その時あたしは酒が入って気持ちが大きくなっていて、少し騒いでおりました」

「ふむ、それで」

「そのあたしが気に入らないと地廻りどもに言われ、胸ぐらをつかまれました。向こ

うは大勢いたので困っていると、巳之介さんが間に入って取りなしてくれたんです」

「やくざ者なのか、巳之介とは」

「さあ、それは……」

「何をしているかおまえに言わないのか」

「へえ、生業《なりわい》は知りませんけど、いなせで気っぷがよくて、男でも惚《ほ》れぼれするようないい男なんです。年はあたしより少し下みたいです。それから二人で飲み直して、すっかり意気投合しました」

「巳之介って人、入谷のどこなのかしら」

お蔦が聞くと、文六は少し考え、

「えっと、確か入谷の真源寺《しんげんじ》の近くだと」

「鬼子母神《きしもじん》のある所ね」

文六はうなずいておき、

「そうして何度か会ううち、巳之介さんの方から妙な話を持ちかけてきたんです」

「どんな話だ」

菊次郎は感情を見せず、淡々と聞く。

「何人か美しい娘を取り揃えたいと。それはなんのためかと言うと、巳之介さんの知り合いの殿様が美形の娘が好みで、人身御供《ひとみごくう》が入り用なんだそうで」

　菊次郎がお蔦と驚きで見交わし、

「おいおい、人身御供とは只事《ただごと》ではないではないか。若い娘の生き肝《い　ぎも》でも取って食らうつもりか」

「いいえ、まさかそんな。鬼じゃないんですから。あたしも初めて聞いた時はびっくりしましたが、よくよく聞くとそれは殿様のお遊びなんだそうで」

「人身御供ごっこをして遊ぶというのか」

「へえ、まあ」

　菊次郎が不快を表して、

「酔狂《すいきょう》も大概にしろと言いたくなるな。いったいどんな殿様なんだ」

「知りません、会ったこともありませんよ。けど殿様はもう七十過ぎの年寄で、娘に妙なことなどするはずもなく、ただの好々爺《こうこうや》だと巳之介さんは言います。しかも美しい娘本人に十両、引き合わせた者には二分の謝礼だと言われて、その二分は結構な小遣い稼ぎだと思い、あっちこっちの知ってる娘に声を掛けてみたんです」

「何人調達した」

「まだ二人でございますよ」

お蔦が膝を乗り出して、

「うまくいったの？　その二人は殿様とやらのお気に入られたの、文六さん」

「知りませんよ、後のことは。でも約束の金はきっちり巳之介さんがくれましたから、気に入ったんでしょうよ。お蔭でその金を妾宅の方に廻すことができました」

文六は正直に明かす。

「ところで文六、その話をおまえは妙楽寺の雛僧にしているな。それはどうしてだ。まだ子供の僧になぜそんな話を持っていった。妙ではないか」

不審を募らせ、菊次郎が言う。

「妙楽寺の放月に頼んだのにはわけがあります。尼寺に関係した娘をどうしても探したかったんです。と言うのも、殿様は坊主頭の美しい娘が好みで、気に入るとつるつるに剃ってしまいたくなるとか」

菊次郎が顔をしかめて、

「若い娘をつるつる坊主にだと？　そいつはまた変わった趣味ではないか。そんなことをして何が面白いのだ」

菊次郎、お蔦には理解できない。

「いえ、まあ、世間には好事家《こうずか》って手合いもいるわけですから、それはそれ、あくまで人の好みでございます。坊主頭にするには本人の了承がいりますよね。無理矢理押さえつけて頭を剃るわけにはゆきません。放月ならそういう娘を知っているかと思ったんです。出家して仏門に入ろうって娘で、十両稼げるんなら話に乗るかも知れないと。でも結局放月に知り合いはいませんでした。それに庵主様の目がありましたから、そっちの線は諦めましたよ」

「では二人の娘はどうやって調達した」

「そ、それはあたしもなんとか駆けずり廻りまして、探したんです」

「よし、ではその娘たちの所と名をここに書け」

菊次郎が矢立《やたて》と懐紙を取り出し、文六に差し出した。

返ってきた文面には、こうあった。

『浅草聖天町《しょうでんちょう》　呉竹《くれたけ》長屋　はつ』

『本所中之郷八軒町《なかのごうはちけんちょう》　三八《さんぱち》長屋　うめ』

「どういう知り合いなのだ、この娘たちは」

菊次郎の問いに、文六はちょっと卑屈な顔になって答える。

「二人とも年は若いんですが、一度縁付《えんづ》いたものの相手とうまくゆかなくて出戻ったんです。懇意《こんい》にしているお寺で二人は針妙《しんみょう》の仕事をしていました。針妙はご存知で?」

「ああ、寺社などの男世帯の所へ呼ばれ、針仕事をする女たちのことであろう」

「ええ、そうです。それでこっそり話を持ってったら、二人とも引き受けてくれたんですよ」

もうそれ以上は聞かず、菊次郎とお蔦は含んだ目で見交わし合った。これから何をすればよいのか、言う必要はなかった。殿様と呼ばれている年寄と、巳之介を探し出すのだ。

八

菊次郎の相役建部内蔵助の屋敷は、内神田佐柄木町にあった。長屋門《ながやもん》に片番所が付き、敷地は八百坪、庭木は森林のようだ。

次の日の夕暮れ時、菊次郎がやって来て門前に立ち、勝手知った様子で潜《くぐ》り戸《ど》から邸内へ入って行った。

菊次郎は下城するなり、雉子町の自邸には寄らず、鎌倉町《かまくらちょう》の辻番で肩衣半袴の御殿の定服から、いつもの着流しの御家人姿に着替えた。そこには変装用の衣服を数枚、預かって貰っている。辻番の老爺《ろうや》には意を含め、隠密御用のためと説明してあった。

夕餉を済ませた内蔵助は、書院風の茶室で点茶《てんちゃ》をしていた。この男も菊次郎同様になかなかの偉丈夫《いじょうふ》で、骨格逞《たくま》しく、面相は鍾馗《しょうき》様に似て厳《いか》めしい。年は菊次郎より二つ上で、二人は竹馬の友なのである。

貴人口《きにんぐち》から、菊次郎が静かに席入りして来て、内蔵助に対座した。

「そろそろ来る頃だと思っていたぞ」

内蔵助が言い、作法に則《のっと》って茶を喫《きっ》した。

「奇っ怪だな、こたびの事件は」

菊次郎がぼそっと言った。

「尼の正体は知れたか」

「いや、尼ではなかった」

内蔵助が菊次郎を見る。

「尋常な町娘に十両を払い、わざわざ剃髪にしたのだ」

「奇矯《ききょう》な好みではないか。相手は何者だ」

「殿様と呼ばれている男だが正体は知れず、そこまで辿《たど》り着いておらぬ」

「殿様にもいろいろあろう。大名に旗本、盗《ぬす》っ人《と》でも殿様と呼ばせている奴らもいるぞ」

「うむ、いずれにしてもまともな奴ではなさそうだ」

「おれは今、ちと憂《うれ》えている」

内蔵助が真顔を向けてきた。

「憂えてる？　似合わんぞ、おまえにそんなのは」

菊次郎は苦笑を禁じ得ない。

「またぞろ、悪貨が良貨を脅《おびや》かすことになりそうだ」

「小判の改鋳か」

菊次郎が言うのへ、内蔵助はうなずき、

「ますます世相が悪くなるな」

「止められんのか」

「一奥祐筆に何ができる。ご老中とて簡単にはゆかんのだ」

「そんなに偉いのか、勘定奉行とは」

「幕府の金蔵を握っているのだぞ。おれたちが束になっても敵《かな》うまい。おまえの所で
なんとかならんか」

「できぬ相談だな。われら地獄耳はそういうことには首は突っ込まんようにしている。

こっちはあくまで犯科専門なのだ」

「おまえたちのことは、地獄耳ということになったのか」

「言い得て妙であろう。おれは気に入っている」

「そうか、ならばよい」

内蔵助が不意に話題を変えて、

「今日は非番で一日屋敷にいた。すると妹が馳走を持ってやって来た。春を先取りしたかのような鮨飯《すしめし》がうまかった」

内蔵助の妹は春奈《はるな》といい、即ち菊次郎の妻なのである。

「おまえ、このところ屋敷に帰っておらぬそうだな」

「おれの動きはおまえが一番よく知っているはずだぞ。奥祐筆と和学御用の両方のお役でお城に泊まり込みであった。下城しても屋敷には寄らず、瀬戸物町に直行していた。事件が気になるは当然であろう」

そこで少し心配な顔になり、

「春奈が何か言っていたのか」

「あいつはおれに愚痴《ぐち》をこぼすような女ではない。いつものように明るくふるまってはいたが、おれにはわかるのだ」

「何がわかる、おまえに」

「女心だ」

「笑わせるな」

「早く子を生《な》すのだな」

「励んではいるが、こればかりはどうにもなるまい。天からの授かり物なのだ」

「あいつがひと言つぶやいた」

「なんだ」

菊次郎が気になる目になった。

「子の顔が見たいそうな」

「…………」

「どうした」

「泣かせるな」

「人ごとではないのだぞ」

「邪魔をした」

「もう帰るのか」

「春奈の顔が見たくなってきた。おまえにそこまで言われて引っ込みがつくものか」

「おお、それはよい。早く行ってやれ」

内蔵助の住む佐柄木町の隣りが雉子町で、菊次郎は自邸へ向かった。二人とも同格の旗本だから、拝領屋敷の規模も似たり寄ったりである。

わが屋敷へ辿り着き、潜り戸に手を掛けたところで、ヒタヒタと足音と共に提灯《ちょうちん》の灯《ひ》が近づいて来た。

菊次郎が見やると、それは麦助であった。

「おお、どうした」

「すぐにお戻りを」

「何か進展があったのか」

「はっ」

「わかった」

とは言ったものの、自邸を目の前にして入れぬ悔しさに、

「うぬっ」

微《かす》かに唸り声を上げておき、菊次郎は後ろ髪引かれる思いで、しかしやむなく麦助にしたがうことにした。

（すまん、春奈、今度ゆっくり）

愛する妻に心で詫びた。

九

飛脚問屋伏見屋の土蔵のなか、中二階座敷に菊次郎、お蔦、鈴之助、麦助、千代吉、お京の全員が集まっていた。

界隈はしんと寝静まっている。

「菊さん、手応えがありましたよ」

意気込むようにして、お蔦が言った。

お蔦とお京は親しみをこめ、菊次郎のことを「菊さん」と呼ぶ。

お蔦にうながされ、鈴之助がサッと膝を進めて、

「わたくしは聖天町呉竹長屋の、はつなる娘を当たりました」

鈴之助はこのなかで一番年嵩《としかさ》の四十で、地道でもの堅いのが取柄の男だ。

「はつは長屋にふた親と暮らしており、出戻りながら健気《けなげ》にやっております。年は二十歳そこそこです。お上の手先を名乗って呼び出し、人身御供の件を持ち出しました

が、なかなか腹を割ってくれません。どうやら固く口止めされているようで、巳之介から十両貰ったことは渋々認めましたが、殿様という男のことは頑《がん》として喋りませんでした」

菊次郎は腕組みをして聞いている。

鈴之助に同行した千代吉が取って代り、

「埒《らち》が明かないので、少し手荒にやってみました」

「どうやった」

菊次郎が目を光らせる。

「髪をつかんで引っ張ったら、鬘が取れて丸坊主が現れたのです」

「うむ、でかしたぞ」

菊次郎が身を乗り出し、「それで」と話の先をうながすと、千代吉がつづけて、

「はつはうろたえて泣きそうになり、心がめげたのか何もかも話しましたよ。十両のためとは言え、女の黒髪をバッサリやっちまったんですから、辱《はずかし》めに耐えきれなかったんですね」

千代吉は語りつづける。

巳之介と和泉橋《いずみばし》で落ち合い、目隠しをされて駕籠《かご》に乗せられ、大きな屋敷にはつは

連れて行かれた。屋敷のなかで目隠しを外《はず》され、話の通りに七十ぐらいの年寄が姿を現し、それが巳之介の言う殿様らしく、酒や料理のもてなしを受けた。それからおもむろに殿様から剃髪の件を持ち出され、断れずに応じた。剃刀《かみそり》を手にはつの髪を剃り落としたのは、殿様自身だという。そうして二人だけで半日ほど共に過ごした。それだけならさしたることではなかったが、一緒に湯浴《ゆあ》みをしたり、同衾《どうきん》もさせられたらしい。その辺になるとはつの口は重くなったから、年寄との秘め事の首尾は語りたくないようだ。

話を聞き終え、菊次郎は鈴之助に向かい、

「殿様なる年寄の人相風体《ふうてい》を、はつはなんと言っている」

「痩《や》せぎすで気難しく、扱い難い老人だそうです。きらびやかな御殿衣装に身を包んでいるところは本当の殿様のようにも見え、わがままな気性らしく、時に癇癪《かんしゃく》を起こすこともあったとか」

「そいつが本当の殿様かどうかは、これからの詮議で明らかになろう。それにしても、なんとも胸の悪くなるような話ではないか。女を坊主にしていったい何が楽しいのだ」

「菊さん、その年寄の気持ちになってみて下さい」

　お蔦が言い、諭《さと》すように、

「たぶん若返りなんですよ、その人の。なぜ坊主頭に拘《こだわ》るのかは知りませんけど、きっと金に飽かして、若い娘と人身御供ごっこをして楽しんでるんです」

　菊次郎は苦々しい表情で、

「わかったとは言わんが、まっ、そういうことにしておこう。で、もう一人の娘はどうした」

　すると不意に座が静まり、張り詰めたものに変わった。

　訝《いぶか》る菊次郎に、麦助が目顔を向け、

「本所中之郷八軒町、三八長屋のうめは行く方知れずなのです。うめの年は十九で、評判の美形だったそうで」

　菊次郎が鋭い反応で麦助を見た。

「うめは父親を早くに亡くし、長屋には母親と二人暮らしでした。はるという妹がいたようなのですが、事情があって何年か前に家を出ているということです。妹はこの件には関わりがないと思います。そうしてうめは念珠屋の文六の誘いに乗り、母親には嘘を言って出掛け、どこかで巳之介と会って十両を貰ったものと思われます。果たしてその後、殿様の屋敷へ行ったのか行かなかったのか。ところがその辺りからうめはふっつりいなくなっているんです。それがひと廻り（七日間）前ということですから、すべて符号します」

「つまり清雲寺の仏はうめということだな」

菊次郎の言葉に、お蔦たちが目顔でうなずく。

「何かの不都合が生じ、うめは手に掛けられた。やったのは殿様か巳之介か、いや、ほかにも下手人はいるかも知れん。そいつをこれから炙《あぶ》りだす」

菊次郎は一同を見廻し、

「まず大事なのははつの証言だ。和泉橋で巳之介と会ってどこへ連れて行かれたのか、殿様の屋敷とやらの見当はつかぬか」

それには千代吉が答えて、

「駕籠で行く途中、はつは神田明神《かんだみょうじん》のお囃子《はやし》を聞いたような気がすると言っております。調べてみますと、その頃に氏子《うじこ》の連中が明神様で笛《ふえ》や太鼓《たいこ》の稽古をしていたことがわかりました。そこを通り過ぎて間もなくして、殿様の屋敷に着いたと言ってますから、恐らく湯島《ゆしま》界隈ではないかと」

「そうか、湯島か……そこに伏魔殿《ふくまでん》があるのだな」

菊次郎が言い、我慢ならないような顔になり、

「おれの堪忍袋《かんにんぶくろ》の緒《お》が切れそうだぞ。人身御供ごっこに終止符を打ってやらねば、またぞろ若い娘が……犠牲はうめ一人に留め、この上増やしてはならんのだ」

十

深川三十三間堂町《さんじゅうさんげんどうちょう》の盛り場を、地廻りの勘太郎《かんたろう》は肩で風を切って歩いていた。

商家の軒下に黙って立つと、店の者がすかさず袂《たもと》に志《こころざし》を落としてくれ、勘太郎は満悦の表情で行く。

それを雑踏の向こうから、菊次郎と念珠屋の文六が見ていた。

「あの男ですよ、間違いありません」

文六が勘太郎を認めて、

「あいつがあたしにからんできたのを、巳之介さんが間に入って止めてくれたんです。忘れもしません」

「うん、わかった。おまえはもう帰っていいぞ」

「さいで」

それ以上関わることを怖れ、文六は菊次郎に挨拶をして立ち去った。

菊次郎は浅草の文六をわざわざ深川まで連れて来て、首実検《くびじっけん》をさせたのだ。

それから菊次郎はズンズン勘太郎に近づいて行き、背後から「よっ」と言って肩を叩いた。

勘太郎はふり向いて面食らい、相手が侍なので一瞬臆《おく》するが、周囲の目があるから虚勢を張って、「なんでえ」と言った。胸板が厚く、ずんぐりむっくりの三十男だ。腰に長脇差《ながどす》を落としている。

「おまえに聞きたいことがある。静かな所で話さぬか」

「なんだあ、こちとらにゃ話なんかねえぞ。お武家さん、言い掛かりをつけようってんじゃねえだろうな」

勘太郎は声高にまくし立てる。

周囲の耳目が集まってきた。

「いいからちょっと来い」

菊次郎が勘太郎の襟首《えりくび》をつかんで引っ立てた。

勘太郎は暴れて、

「何しやがる、このサンピン」

大声を出したので、あちこちの辻から勘太郎の子分五、六人が聞きつけて駆け寄って来た。いずれも長脇差を帯びている。

「親分に何しやがる」

若いのが肩尖《とが》らせて菊次郎に迫った。

その顔面を平手で打って吹っ飛ばし、菊次郎は勘太郎を捉《とら》えた手を弛《ゆる》めず、路地へ引っ張り込んだ。

「てめえら、何してやがる、このサンピンを畳《たた》んじめえ」

足掻《あが》く勘太郎の腹に、菊次郎が鉄拳を叩き込んだ。勘太郎は呻《うめ》いてうずくまり、食ったものを吐瀉《としゃ》する。

子分たちが兇暴に襲いかかって来た。

菊次郎が腕力にものを言わせ、手当たり次第に殴り飛ばして行く。板壁に叩きつけられ、鼻血を噴き、子分らは悲鳴を上げて地に這った。

それらの光景を怯えた目で見ていた勘太郎がダッと逃げだし、菊次郎が猛然と追い、後ろから蹴りつけた。前のめりに倒れる勘太郎を、菊次郎が踏んづけた。

「グワッ、よせ、やめろ、おれ様を誰だと思ってやがる」

「町のダニであろう」

「なんだと」

「おれの聞くことに答えろ、いいな」

「うるせえ、なんだって言うんだ」

「半月ほど前、おまえは土地の料理屋で念珠屋の文六という男に絡んで難癖《なんくせ》をつけたな」

「な、なんのことだか知らねえ」

勘太郎は狼狽《ろうばい》している。

「それを巳之介という得体の知れぬ男が仲裁し、事なきを得た。しかしそれには筋書があったのではないのか。おまえが巳之介から頼まれてやったことであろうが。つまり狂言だと言っている」

「違う、知らねえ、巳之介なんて野郎はあの日会ったのが初めてだ。おれぁ何も知らねえんだ」

「そんな御託《ごたく》は聞きたくないぞ。巳之介は何者で、どういう男なのか言え、白状しろ」

「かあっ、くそっ」

菊次郎の隙を見た勘太郎が脱走を計った。それより早く捉え、引き戻し、勘太郎をボコボコにする。

勘太郎は血へドを吐いてのたうち廻った。

「おい、こんなつまらんことで半殺しにされてもよいのか。引き合わんぞ。それとも巳之介によほどの義理でもあるのか」

「そ、そんなものはねえ、わかった、白状する。お武家さんの言う通りだ。あれは狂言だった。巳之介って野郎から金を貰って頼まれたんだ」

「なんと頼まれた」

「文六に言い掛かりをつけて困らせてやれ、そこへ自分が登場して事を収めるってな。おれぁそれにしたがっただけだ。何もかもあんたの言う通りだよ。巳之介の描いた絵図なんだ」

「巳之介について、ほかに知っていることがあったら言え」

「それだけだ、もう何もねえ、あの日会っただけでその後は一度も見かけてねえ。だから深川の人間じゃねえんだろうぜ」

菊次郎は勘太郎を突き放し、その場を離れて不機嫌な顔で歩きだした。

どうしたら巳之介を見つけることが叶うのか。そのことばかりを考えていた。殿様も巳之介も、人殺しに関わっている人間どもを看過《かんか》することはできないのだ。

すると、商家の陰から、一人の男がぬっと姿を現した。それまでの菊次郎と勘太郎の争いの一部始終を見ていたのだ。男がパッと着物の裾をまくって、菊次郎の尾行を始めた。

いなせで気っぷがよさそうで、男も惚れぼれするようないい男——文六がそう表現した巳之介本人である。三十を出たばかりのようだから、文六の言うのは当たっていた。

だが少し違うのは、巳之介の目はあくまで暗く、その奥底に兇暴で陰湿な光を宿していることだった。

（気に入らねえ野郎じゃねえか、正体突きとめてやるぜ）

巳之介は執拗《しつよう》に菊次郎を追って行ったのである。

第二章　殿様の謎

一

戯作者十返舎一九は滑稽本の傑作、『東海道中膝栗毛』を世に出して一躍時の人になった。

　物語は神田に住む弥次郎兵衛《やじろべえ》と喜多八《きたはち》の二人が、東海道の宿駅を物見遊山《ものみゆさん》しながら西へ向かうもので、その間、粗忽《そこつ》な二人の知ったかぶりや失敗の数々の珍道中が、各地の風俗や奇聞、それに方言などを織りまぜながら面白おかしく語られていく。二人は江戸っ子特有の大袈裟《おおげさ》なところや軽薄さを併《あわ》せ持っていて、そこが満天下に大受けし、巻を重ねるごとに『膝栗毛』の人気は鰻《うなぎのぼ》登りとなり、今や一九は飛ぶ鳥を落とすほどの勢いの大作家に成り上がった。

元は駿河府中《するがふちゅう》の千人同心《せんにんどうしん》の倅《せがれ》で、一九の本名は重田貞一《しげたさだかず》、通称を与七《よしち》という。江戸に出て大身《たいしん》旗本小田切土佐守《おだぎりとさのかみ》に仕え、やがて主《あるじ》が大坂町奉行《おおさかまちぶぎょう》になったのでそれにしたがい、大坂に移り住むことになった。ところがほどなくして一九は役人の暮らしが嫌になり、小田切の前を辞し、浪人となって所定めぬ生活を送り始めた。大坂の町をさまよい、義太夫《ぎだゆう》語りの居候《いそうろう》を決め込んだり、材木商の入《い》り婿《むこ》になってみたり、はたまた浄瑠璃《じょうるり》作者の手伝いなどをして糊口《ここう》を凌《しの》いでいた。

寛政《かんせい》六年（一七九四）、一九は大坂で食い潰すと江戸へ舞い戻り、小伝馬町《こでんまちょう》の書肆《しょし》蔦屋重三郎《つたやじゅうざぶろう》の知己《ちき》を得て食客《しょっかく》となった。その頃からすでに文筆の才を表し、大いに蔦屋に認められていたのだ。そうして蔦屋の勧めで物書きに手を染め、初めて書いた滑稽本が『膝栗毛』であった。

時に享和《きょうわ》二年（一八〇二）、『膝栗毛』は大化けして十年経つも、未だ未完で、すでに二十数巻を重ねている。江戸は元より、作品は諸国にまで出廻って広く大衆の支持を得ていた。

江戸に戻って最初に住んだのは深川佐賀町《さがちょう》だったが、その頃はまだ無名で、蔦屋の世話になっていたので貧しかった。やがて住民と悶着《もんちゃく》を起こし、深川を引き払って日本橋通油町《にほんばしとおりあぶらちょう》に転宅した。そことてやはり貧乏長屋で、大作家なのに金廻りは依然としてよくないのである。その理由は一九が大酒飲みだから、書き代はすべて酒代に化けるのだ。

たった一人の身内は二十半ばになる娘の舞《まい》で、これはしっかり者で五十近い父親とは別に住居を構え、藤間流《ふじまりゅう》の踊りのお師匠さんをしている。舞は一九が大坂の材木商に入り婿になった時にできた子で、離縁と同時に娘と共に飛び出したものだ。父親と母親が舞を前にして、「どっちを取るか」と聞くと、舞は迷わず一九を取ったという。

昔から浮草のように人生をさすらい、怠け者で酒にだらしがなく、自堕落《じだらく》ともいえる一九のどこがよかったものか、ともかく舞は富裕な母親の実家を捨てたのである。武家に生まれながら刀など抜いたこともなく、今では一九はすっかり身も心も町人となり、束縛《そくばく》のない町人暮らしの気楽さを楽しんでいた。

起きるのは昼近くと決まっていて、まず最初に一九がやることは、飯などそっちのけで酒を口にする。空きっ腹に冷や酒はよく利いて、いい気分になってくると、ぼんやりその日にやることを考える。やるといってもさしたることは何もない。滑稽本の作者だから、さぞ軽妙で洒脱《しゃだつ》な人と思われがちだが、ふだんの一九は口が重く、愉快な人でもなんでもない。縦のものを横にもせず、『膝栗毛』の続編を勤勉に書くわけでもない。書く時は書くが、気分が乗らなければ筆も見たくなくなる。ふところの僅かな銭を頼りに明るいうちから飲みに出て、ひどく酔って道端で行き倒れのようになってそのまま寝てしまうこともある。世話を焼いてくれる女がいるわけもなく、今ではそうした女関係も煩《わずら》わしく、また孤独を苦痛に感じたことはない。ゆえに人づき合いも苦手で、おまけに無愛想だから、次第に誰も寄りつかなくなった。だから世間では、一九は奇人、変人の類《たぐい》に入る人と思われている。

その日の一九はなぜか朝から一滴も酒を飲まず、オンボロの文机《ふづくえ》に向かって『膝栗毛』の続編を書いていた。ついぞないことなのである。

ずっと仕事をしていなかったので暮らしの金が底をつき、版元《はんもと》から少し前借りし、それも目減りしてきたので、これではいかんと書く気になったものだ。しかし暮らしのために書くような男では決してないから、仕事への意欲もまっとうに湧いてきたのである。道で会う人に続編はまだかと聞かれれば、悪い気はせず、そういうのが度重なればしだいに執筆欲が募ってきたものと思われた。

一九はどこにでもいる平凡な面相をしており、躰《からだ》も痩せ型で、髷の手入れも悪く、いつも髪が乱れて無精髭《ぶしょうひげ》だらけだから、どう見ても貧乏くさい。これが今をときめく流行作家とはとても思えない。

そこへ油障子がそっと開けられ、

「こちら、十返舎一九先生のお宅でございますか」

遠慮がちな男の声がした。

一九は仕事を邪魔されて舌打ちし、筆を置いて立ち、ガラッと障子を開けた。

きちんとした身装《みなり》の男が立っていて、一九へ向かって深々と辞儀をする。巳之介の化けた姿である。酒徳利《さかどっくり》らしき風呂敷包みを提《さ》げている。

「なんでえ、おめえさん」

一九が言うと、巳之介は爽《さわ》やかな笑みになって、

「わたくしは神田の方で文耕堂《ぶんこうどう》と申す版元をやっておりまして、先生のご高名は存分に承《うけたまわ》っております」

「おいおい、新しい仕事なら請負《うけお》えねえぜ。膝栗毛の続編で手一杯なんだ。安請負いはしたくねえんでな。おめえさんだって同業ならその辺の事情はわかるだろ」

「いえ、そうじゃないんでございますよ。実は今日お伺《うかが》いしたのは、先生のお弟子さんの馬風先生のことで」

馬風、即ち菊次郎のことを聞いてきた。

一九はキョトンとなって、

「馬風がどうかしたのかい」

巳之介は「失礼します」と言って、上がり框《かまち》に掛けると、

「馬風先生が一九先生のお弟子さんになった経緯を、お尋ねしようかと思いまして」

一九はうさん臭い男だなと思いながら、

「そんなこと聞いてどうしようってんだ。馬風は確かにおれの弟子だが、奴はまだ世に出たわけじゃねえ。師匠のおれでさえ、あいつの書いたものは読んだことがねえのさ。つまりはまだ半ちくで、海のものとも山のものとも知れねえ男よ」

「馬風先生は日本橋瀬戸物町の、伏見屋という飛脚問屋に居候しておりますよね。そこは先生が口を利いて差し上げたんですか」

「おれはそんなこたしてねえよ。奴はそのめえから伏見屋の居候だった。どんな暮しをしてるのかもよく知らねえ。けど気性のいい男だから、おれぁ格別嫌いじゃねえぜ。だから弟子入りを許したんだ」

「では馬風先生の身分はご浪人様なので？」

「ああ、まあ、そういうことになるな」

「生国《しょうごく》はどちらでしょうか。どんなお家に仕えていたか聞いたことは？」

「知らねえな。おめえさん、おれに聞くより伏見屋へ行って直《じか》に当たった方がいいん

じゃねえのか。馬風本人でもよし、あそこの女将は捌《さば》けた女だぜ」

「左様でございますか。ええと、それと」

菊次郎の身上を根掘り葉掘り聞くから、一九はうるさくなってきて、

「なんで馬風のことを聞きに来た。おめえさんの目当てがよくわからねえな」

「いえ、他意などございませんよ。こっちとしましては書き手の新しい人を探しておりまして、少しばかり馬風先生のことを耳にしたものですから」

「妙だな、馬風はまだ何も書いてねえと言ったはずだぜ。世間に奴の名めえが出廻るわきゃねえんだが」

「ハハハ、ちょっと先走ったようでございますね。ご勘弁下さいまし」

これはほんの手土産《てみやげ》でございましてと、巳之介は包みごと酒徳利を一九の前へ置いた。

「おい、こんなことして貰っちゃ……」

「先生がお酒好きと聞いたものですから、持参致しました。灘《なだ》のいいやつでございます」

「悪いなあ」

「それじゃ、これで失礼を」

巳之介が折り目正しく一礼し、立ち去ろうとしていると、娘の舞がカラコロと下駄を鳴らして入って来た。

舞は踊りの師匠をやるだけあって、器量よしで垢抜《あかぬ》けており、江戸前のいい女である。

「あら、お客さん？　お父っつぁん」

明眸《めいぼう》を向けられ、巳之介は恥じらいの仕草を見せて、

「いえ、客なんてものじゃございません」

言いながらすばやい視線を舞に向け、巳之介はひそかに値踏みしている。そうして怪しまれないように腰を低くして出て行った。

「お父っつぁん、なあに、今の人？」

「神田の文耕堂って版元だそうな。けどなんだかわかったもんじゃねえや。江戸にゃ版元なんて箒《ほうき》で掃くほどいるからよ」

「でも感じのいい人ねえ」

ちょっと気になる声で、舞はつぶやいた。

二

浅草聖天町からほど近い九品寺《くほんじ》の境内へはつを呼び出し、菊次郎は訊問していた。

例によって菊次郎は、お上の者と称していて、

「おれの手の者がおまえにいろいろと尋ねたと思うが、どうもしっくりこんのでまた来てしまった。悪く思わんでくれ」

はつは迷惑顔を背《そむ》けるようにして、

「何度お尋ねになられても、あたしの方からもうお話しすることは。殿様と呼ばれてるあの年寄とは本当に一回こっきりで、連れて行かれたお屋敷のことだって何もわからないんですから」

「屋敷が神田明神か湯島界隈と踏んで、今、八方手を尽くして探しているところなのだ」

はつは美貌を曇らせ、オズオズとした様子で、

「あ、あのう、殿様って人は何かやらかしたんですか」

疑問を呈《てい》した。

「本所中之郷八軒町のうめを知っているか」

「ええ、知ってます、格別親しくはなかったですけど。あたしとおなじ針妙《しんみょう》の仕事をしていて、行った先のお寺で何度か顔を合わせたことが」

「おまえとうめに共通しているものは出戻りということだ。もうひとつ共通しているとしたら、念珠屋の文六を知っていて、共にこたびの殿様の件で声を掛けられているる」

はつは知らなかったらしく、驚きで、

「そ、そうだったんですか」

「実はな、はつ、うめは下谷で何者かの手に掛かり、非業の死を遂《と》げた。殺されたのだ」

「ええっ、そんな……」

はつに衝撃が広がり、烈《はげ》しく動揺する。

「おれはその事件を調べている。どうしてもこの手で下手人を捕えると決めたのだ。力を貸してくれんか」

菊次郎が言うが、はつは黙り込んでいる。

「おまえは命拾いをしたのだぞ、はつ。ではおまえとうめの運命の違いはどこにあるか。恐らくうめは、殿様のなんらかの秘密を知ってしまったのに違いあるまい」

「ひ、秘密ってなんですか、あたしはそんなものまったく知りませんけど」

「心当たりはないか」

はつはじっと考えていたが、

「いいえ、何もありませんね。巳之介って人に言われるままのことをして、十両貰って帰って来ただけですから。あたし、細々《ほそぼそ》と暮らしてましたんで、十両がどんなに有難かったか。そりゃ年寄の相手は気が進みませんでしたけど、目を瞑《つむ》って我慢したんです。生娘《きむすめ》じゃあるまいし、どうせ出戻りですんで」

自嘲《じちょう》気味に言い、

「お蔭で少しはましな暮らしができそうで、むしろ殿様には感謝してるくらいなんです。だからあの人が人殺しだなんて、人情として思いたくありません」

「おまえはそれでよしとしても、人が一人死んでいる上はそうはゆかん。殿様とその屋敷をどうしても突きとめたい。なんでもいい、手掛かりになることを思い出してくれ」

菊次郎が食い下がった。

はつは考え込む。

「屋敷はどんな構えであった。門番所はあったか、門番はいたか」

「門番所はありません。立派な長屋門で、大玄関まで大分道のりがありました。庭木の手入れなんぞもよかったです」

菊次郎は五、六百坪ほどの屋敷を想像し、

「では家人はどうだ。中間《ちゅうげん》や女中は顔を見せたのか」

「そういう人たちは一切《いっさい》姿を見せませんでした。あたしの手を取って奥へ案内してくれたのは、最初からずっとそうでしたけど巳之介さんです。でも湯を沸《わ》かしたり、お膳の支度《したく》をしたりする音は聞こえていて、誰かほかにいることはわかってました。そこで半日過ごしましたが、あたしの知る限りはほとんど殿様と二人きりだったんです」

「聞き難《にく》いことだが、殿様と同衾《どうきん》をしたのだな」

「はい、それは認めます。湯も一緒に入りました」

はつが目を伏せて答える。

「おまえをどう扱った、殿様は」

「妙にやさしかったり、急に癇癪《かんしゃく》を起こしたりして、気難しい人だと思いました。でも十両貰えるんで我慢しなくちゃいけないと。用が済むとまた目隠しをされて、巳之介さんの供で駕籠《かご》に乗せられ、下谷の新寺町通りで降ろされました。十両はその時貰ったんです」

七十の年寄が半日かけて女と戯《たわむ》れ、十両の金を出す。かなりの金持ちであり、趣味嗜好《しこう》に淫靡《いんび》で偏《かたよ》ったものを感じた。こうして殿様の調べを重ねていると、菊次郎の胸は悪くなるばかりだった。

はつから聞きだすことはもうあるまいと思い、菊次郎が別れを告げようとしていると、呼び止められた。

「あっ、お待ち下さい、ひとつだけ思い出したことが」

菊次郎が鋭くはつを見た。

「つまらないことかも知れませんけど……」

「構わん、言ってくれ」

三

江戸三座の一つ市村座《いちむらざ》は、寛永《かんえい》十一年（一六三四）に村山又三郎《むらやままたさぶろう》が葺屋町《ふきやちょう》に大芝居（歌舞伎《かぶき》）の象徴である櫓《やぐら》を揚げ、三代目市村宇左衛門《いちむらうざえもん》が座元となって市村座を興《おこ》した。

それから百八十年近くの歳月を経て、文化《ぶんか》年間の今は十一代羽左衛門《うざえもん》となり、彼は千両役者の名に恥じぬよう、大芝居を演じつづけて満天下の喝采《かっさい》を浴びている。

この十一代は趣味人としても名高く、陶工に特別注文の品を作らせ、それを幾つか限定で、贔屓客《ひいききやく》に配ることを楽しみとしていた。

はつの証言だと、羽左衛門の煙草盆《たばこぼん》を針妙の仕事で出掛けた先の寺で見たことがあり、そのおなじ品が殿様の屋敷にもあったのだと言う。

しかも煙草盆は羽左衛門が七代目市川團十郎《いちかわだんじゆうろう》に因《ちな》み、〝鎌輪《かまわ》ぬ〟という当て字でしゃれてみせ、命名までしていたのだ。

そんな証言がとび出してきたから、はつを帰すわけにはゆかなくなり、菊次郎ははつの言う下谷の法養寺《ほうようじ》へ案内させ、和尚《おしよう》の宗源《そうげん》に話を通して鎌輪ぬなる珍妙な名の煙草盆を見せて貰うことにした。

宗源和尚は快く承諾し、庫裡《くり》にて桐箱に大事にしまった鎌輪ぬを取り出しながら、菊次郎へ屈託《くつたく》なく話を始めた。

名乗りも身分も告げぬのに、和尚は何も聞かず、菊次郎の人品骨柄《じんぴんこつがら》から信頼するに足る人物と見たようだ。

「愚僧のように抹香臭《まっこうくさ》い暮らしをしておりますと、つい華やかな舞台などに望外の喜びを見出してしまいます。特に十一代を贔屓にして通い詰めるうち、ご本人からこんなよきものを頂けるとは、夢にも思っておりませなんだ。煙草盆として使うのが勿体《もったい》なくて、こうして仕舞い込んで、時に取り出しては眺めておりましてな。ご覧《ろう》じめされよ」

金糸銀糸の袱紗《ふくさ》包《づつ》みを開き、重そうな煙草盆を取り出して、菊次郎に差し出した。

菊次郎がそれを手にして見入る。

煙草盆は箱型の朱塗《しゅぬり》で、陶製の火入れ、竹製の灰落としで作られ、煙管《きせる》まで陶製であった。

羽左衛門がこれだけの贈り物をするからには、和尚の方もそれ相応のご祝儀を出しているのに違いない。つまりは物持ちの檀家《だんか》を抱えた裕福な寺なのだ。

菊次郎がはつに聞く。

「これに間違いないか。おなじものだな」

はつは「はい」と確《しか》とした声で答えた。

そこでようやく菊次郎ははつを解放してやることにし、和尚に礼を言って、単身で葺屋町の市村座へ向かった。

四

ところが市村座では、初春狂言の『仮名手本忠臣蔵《かなでほんちゅうしんぐら》』を上演している真っ最中で、市村羽左衛門の躰はなかなか空きそうもない。

裏方の連中をつかまえて聞いて廻るうち、大立者の付添いを務める市村千之丞《せんのじょう》という後見《こうけん》がいることを知り、会わせてくれるように頼んだ。

千之丞も演目に出演しているが、役が吉良方《きらがた》の用心棒だから出番はまだなく、応じてくれた。

幾つもある楽屋の一つに入り、菊次郎と千之丞は座して向き合った。千之丞にはお上の者であるという断りを入れておいた。

「して、どのような御用件でございますか」

初老の千之丞は月代《さかやき》を伸ばした鬢《びん》に寝巻姿で、親身な様子で問うてきた。寝巻姿なのは赤穂浪士《あこうろうし》に寝込みを襲われるからなのだ。千之丞は役者ひと筋で生きてきた苦労人のようで、顔には深い皺《しわ》が刻まれている。

そこで菊次郎が、羽左衛門がこさえさせた鎌輪ぬは幾つあるのか、どのような贔屓筋に上げたものかを知りたいと言うと、千之丞はちょっとお待ちをと言って席を外し、やがて台帳を手に戻って来た。

「鎌輪ぬは六つこさえておりますな。二年前のことでございます。わたくしも一度見たことがございますが、それは見事な作でした。高価なものなので沢山《たくさん》は作れなかったのでございましょう。羽左衛門師匠のお手許に一つと、太夫元《たゆうもと》（金主）に一つ、後はご贔屓のお四方《よんかた》のお名前がここに載ってございます。ご身分の高い方々なので驚かれますよ」

台帳を開いて見せ、菊次郎はそれに覗き込んで目を見開いた。

「むっ、これは……」

巻紙、硯《すずり》、矢立《やたて》をふところから取り出し、千之丞の許可を得て書き写し始めた。

五

伏見屋へ戻ると、土蔵の中二階で菊次郎は巻紙を開き、お蔦とお京の前で見せた。鈴之助、麦助、千代吉は店で客の応対をしていた。その喧騒がここへも微《かす》かに伝わってくる。

列記された四人の名前は、こうである。
陸奥仙台《むつせんだい》　伊達少将《だてしょうしょう》様
近江彦根《おうみひこね》　井伊中将《いいちゅうじょう》様
勘定御奉行　神尾《かんお》様
法養寺　宗源様

お蔦が瞠若《どうじゃく》して、

「ンまっ、伊達家も井伊家もとびきりの大々名じゃござんせんか。こんな偉い所の人が羽左衛門贔屓だなんて」

そこで伏見屋へ来るまでの間に、菊次郎が武鑑《ぶかん》で調べてきたことを披露《ひろう》する。

武鑑とは諸大名、幕臣らの氏名、系譜、居城、官位、知行高、家紋、主立った臣下の氏名、親類縁者など、御家にまつわることを書き記した書のことで、誰もが読むことができた。分厚く格式の高い帳面だ。

「二家共に七十前後の重鎮《じゅうちん》がいる。伊達家に外祖父《がいそふ》備中守《びっちゅうのかみ》殿、井伊家に隠居した元家老鹿島源右衛門《かしまげんえもん》殿、両名は期せずして江戸に暮らしているのだ」

お蔦が思案の顔になって、

「え、ちょっと待って下さいましよ。井伊家の鹿島様というご家老の名前、ずっと昔に聞いたような気が。あたしがご奉公していたお屋敷の近くだったかも知れません」

「鹿島殿はかつて藩校設立に尽力し、他国より有能な国学者を招き入れ、また領内の河川に築堤し、水害を防いだりして彦根藩を支えた重要な人物らしい」

「それじゃ藩もないがしろにはしていませんね」

「江戸が気に入って骨を埋めると断言し、どこかに屋敷を貰っているはずだ。書面では伊達家、井伊家となっているが、羽左衛門を贔屓にしていたのはそれぞれの主君ではなく、今の二人が鎌輪ぬを贈られたのだ」

「それ、すぐ突きとめますよ」

「そうしてくれ」

「勘定奉行の神尾様のお年はお幾つなんですか」

お京が菊次郎に問うた。

「そこだ、問題は。神尾能登守《のとのかみ》殿は五十前でおれも殿中で見知っている。初老ではあるものの、老齢ではない。ご壮健であられ、どう見ても七十には見えんのだ。もし仮に神尾殿が下手人の殿様なら、はつやうめの前で変装していたことになるが、ちと考え難かろう。また秘密の屋敷を持っているのなら、それをまず暴かねばなるまい」

「勘定奉行様って、秘密の屋敷や別宅を持つほどそんなにお金持ちなんですか」

これもお京だ。

「勘定奉行を一度やれば、未来永劫《えいごう》金には困らんという。子々孫々にまで潤《うるお》いつづけるのではないのか。その点、奥祐筆はそうはゆかんが」

苦笑混じりに菊次郎が言う。

お蔦が表情を引き締めて、

「このお三方のなかに、うめを殺《あや》めた殿様がいるとお考えなんですね」

「今はなんとも言えんが、三人ははつの証言にあった羽左衛門の煙草盆の持ち主なのだ。秘密の屋敷にそれがあったということは、何よりの証拠だと思うぞ」

「菊さん、手分けしてやってみます」

お京の言葉に、菊次郎がうなずき、

「相手は大物ばかりだ。これは慎重にやらねばなるまい」

そこへ土蔵の扉が開き、千代吉が梯子段《はしごだん》を駆け上がって来た。

三人が一斉に顔を向けると、千代吉が来客を告げた。

「烏丸様、たった今一九先生がお見えになりましたが」

「なに、一九殿が？」

突然のことに、菊次郎は困惑した。

六

店奥の一室で、菊次郎と一九は対座した。

「先生にはお変わりもなく」

正座して畏《かしこ》まり、菊次郎が言った。

「うん、まあ、相変わらずのんべんだらりとな、暮らしてるぜ」

飄々《ひょうひょう》として一九は答える。

「今日は何用ですかな」

菊次郎としては、すぐにでも探索にとび出したいから、気が急《せ》いていた。

「暇はあるか、お主《ぬし》」

「ひ、暇ですか？　それはまあ、居候の身分ですから」

「ふむ、そうかい」

それきり黙り込んだ。今日の一九は何やら疲れたような様子で、精彩に欠けている。

「何かあったのですか、お顔の色が冴えぬように見えますが」

「いや、てえしたこっちゃねえんだ」

「筆が進まぬとか」

「そんなこたねえ。珍しいけんどよ、ここんところ酒を半分にしてせっせと膝栗毛を書いてるのさ。誰もがびっくりよ」

へへへと空しく笑う。

「それは結構ではないですか。万民が続編がいつ出るかと、待ち望んでおりますからな」

「おれとおめえの仲でそういうお体裁は言わなくてもいいぜ。歯がプカプカ浮くからよ」

「あ、はあ」

菊次郎には一九が強がりを言っているように聞こえ、やはりどこか落ち着きがなく、不審を覚えて、

「先生、心配事があるのならなんでも言って下さい。わたしにできることなら力は惜しみませんぞ」

「舞の様子が変なんだ」

あっさり一九が白状した。

「お嬢さんがどうしました」

「ここんところ何やら気もそぞろな風情で、心ここにあらずって様子なんだよ。さすがのおれも気になって、どうしたのかと聞いても何も言わねえのさ」

「男でもできたのでは?」

「おれも最初はそう思って、問い詰めても何もねえの一点張りで、埒《らち》が明かねえんだよ。しまいにゃ舞の奴怒りだしやがってな、久々の親子喧嘩をやらかしちまったぜ」

「うむ、ほかに考えられるとしたらどんなことが」

「さあなあ、踊りの方の弟子だって増えこそすれ、減ることたねえし。おれよりも結構な家に住んで、奴はいいご身分よ」

「心当たりは」

「さあ、そこよ」

「はっ?」

「数日めえに妙な野郎が訪ねて来て、十返舎馬風のことを根掘り葉掘り聞いてったんだ」

「ええっ、わたしのことを?」

菊次郎は驚きと同時に、表情を引き締め、

「それは聞き捨てなりませんな。どんな筋の男なのですか」

「神田の方の文耕堂とかいう版元だと言ってたぜ。けど本当かどうかわかったもんじゃねえ。奴はどう見ても版元の人間にゃ見えなかった。垢抜けてやがって、身装もぞろっとしたいいものを着てたんだ」

「わたしのどんなことを聞いたのですか」

「おめえの出自《しゅつじ》から暮らしぶりなんぞをしつこく聞いて、おれがのらりくらりと答えてると諦めたみてえで、そこへ舞が来て、奴と顔を合わせたんだよ」

「男は名乗りましたか」

「いや、そういや名乗ってねえな」

菊次郎の胸に疑念が突き上げる。

一九がつづける。

「舞の様子がおかしくなったな次の日ぐれえかなあ。おれの世話がおざなりになりやがったのさ。飯をこさえても味噌汁《みそしる》と漬物を忘れちまうとかな」

「確かにそれは妙ですな」

「そのことがずっと気掛かりでもやもやのしっ放しでよ、一人でくよくよしててもしようがねえんで、気がついたらここに来ちまったってわけよ」

「先生、わたしの方でお嬢さんのことを調べてみましょう」

「おめえにそんなこと頼んでいいのか」

「任せて下さい、弟子じゃありませんか」

それで安心したのか、一九は帰って行ったものの、菊次郎は考え込んで席を立たないでいた。

お京が忍びやかに入って来た。

「菊さん、今の話、隣りで息を殺して聞いてたんですけど」

「そうか」

菊次郎は考え深い目になって、

「文耕堂なるその男がなぜおれのことを聞き込んでいたのか、ちと嫌な気分だな」

「あたしも気になりますね。お嬢さんのそわそわも変ですよ」

「おまえ、調べてみてくれるか」

「え、でも鎌輪ぬの三人を当たらないと」

「そっちはおれたちでやる。頼む。ほかならぬ一九先生のお嬢さんのことだし、このおれも無関係ではないような気もする。ちょっと放っとけんだろう、これは」

七

平安《へいあん》貴族の歌人在原業平《ありわらのなりひら》には、三千三百三十三人の女性と交わったという伝説がある。

しかしその一方で、業平は文人空海《くうかい》の弟、真雅僧正《しんがそうじょう》と男色《だんしょく》の交わりがあったとも伝えられている。

ことほどさように男色の歴史は長く旧《ふる》く、江戸に入ってからは陰間《かげま》（男娼《だんしょう》）を抱えて売色をさせる『陰間茶屋』が隆盛となった。

陰間茶屋は『若衆茶屋《わかしゅ》』とも称し、他の岡場所遊里とおなじく公許《こうきょ》ではないので、吉原《よしわら》から訴えられたら摘発の憂《う》き目《め》に遭《あ》うのだ。

陰間茶屋があった場所として散見できるのは湯島、住吉町《すみよしちょう》、芳町《よしちょう》、長谷川町《はせがわちょう》、高砂町《たかさごちょう》、元大坂町《もとおおさかちょう》、堺町《さかいちょう》、麹町《こうじまち》、芝神明《しばしんめい》等々である。

客筋は昔は女色《にょしょく》を禁じられていた僧侶ばかりでなく、旧くから武家の間にも浸透しており、頭巾で面体《めんてい》を隠した侍の客も少なからず見られた。

陰間は滅私奉公《めっしぼうこう》の精神に貫かれていて、とことん尽くすところから、女にはない繊《せん》細《さい》さが受け、契《ちぎ》りを結んだ侍の客は土壺《どつぼ》に嵌《は》まるのである。時には美童《びどう》の取り合いで、茶屋のなかで刃傷沙《にんじょうざ》汰《た》が起こることもあった。

湯島天満宮《てんまんぐう》にある『松《まつ》が根《ね》屋《や》』は水茶屋の体《てい》をとっていて、美童たちはすべて艶《あで》やかな女装をしていた。どれも十代の柳眉細腰《りゅうびさいよう》だから、客たちは倒錯した恋情を持ち、思いを募らせ、尻を借りたい、尺八《しゃくはち》を吹かせたいとなるのだ。

松が根屋で最上の陰間は小太郎《こたろう》という美童で、店を開ければ客が引きも切らず、順番待ちとなるほどだ。柳眉細腰は言うに及ばず、目のきれいな鼻筋の通った小太郎のその美貌には、どの客からも溜息が漏れた。

伊達家外祖父の備中守は齢《よわい》七十に垂《なんな》んとするも、これまで男色に触れたことなどなく、女色一辺倒《いっぺんとう》だった。それが三月《みつき》ほど前から松が根屋に足を運ぶこととなり、小太郎に嵌まったのである。家中の老人に戯《たわむ》れに連れて行かれたのが最初だった。

それ以来、寝ては夢、起きては現《うつつ》幻《まぼろし》のとなり、小太郎なしではもはや昼も夜もなくなった。

その日も備中守は宵の口から松が根屋へ上がり込み、小太郎と酒酌《く》み交《か》わすのを楽しみにしていた。酒宴の後はどうなるか、それを考えると、老人ながら備中守の下腹部が疼《うず》くのだ。

ところがいつまで経っても小太郎は現れない。他の部屋では卑猥《ひわい》な美童の笑い声や嬌声《きょうせい》が聞こえ、声変わりしたばかりのような彼らの発する声がまた淫猥《いんわい》にも聞こえ、備中守はたまらぬ思いに駆り立てられた。目の前にある酒は冷めるばかりだ。

小鈴を鳴らして人を呼ぶ。

やって来たのは黒子《くろこ》のような姿をしたあばた面《づら》の店の男で、備中守の前に仰々《ぎょうぎょう》しくひれ伏した。

「うへえっ、大変長らくお待たせを致しまして申し訳もございません」

「小太郎はどうした、わしが来たことを言ってあるのか」

「も、もちのろんでございますとも。けど今日は小太郎ちゃん、少しばかり具合を悪くしておりまして、お部屋で休んでいるのでございます。治りましたらすぐにここへ寄越《よこ》しますので、今暫《しばら》くお待ちのほどを」

「どこが悪いのだ、それを申せ」

武骨な備中守は居丈高になる。

黒子は慌てふためき、

「あ、いえ、どこと申して……腹具合がいけないのでございますよ。痛い痛いと申しております」

「ではわしが治してやる」

備中守がすっくと立ち上がった。大刀は店に預けてあるが、腰に脇差は差している。

黒子は狼狽《ろうばい》して縋《すが》りつき、なんとか止めようとする。その様子に何かを感じ取り、備中守の逆鱗《げきりん》に触れた。

「貴様、嘘をついているな」

「いいえ、嘘なんてとんでもございません。どうかここでお待ちを」

「そこのけい」

黒子をふり払い、備中守は足音荒く出て行った。廊下を踏みしめてやって来て、小太郎の部屋の前に立った。

なかから小太郎の忍び笑いが聞こえる。

「小太郎、いるのか」

備中守が怒声を発すると、部屋のなかがしんと静まり返った。

手荒に障子を開けると、そこで小太郎と中年の武士が乳繰《ちちく》り合っていた。売れっ子なだけに、小太郎は掛け持ちをしていたのだ。

備中守は逆上した。

「おのれ、わしをたばかったな」

ギラリと脇差を抜いて押し入った。

小太郎が悲鳴を上げて逃げ惑い、武士は腰を抜かしておののき、命乞いを始めた。大勢の黒子が駆けつけて来て、備中守に取りつき、ふり上げた脇差を奪わんと揉み合いになった。その間に小太郎は逃げ出し、中年の武士も店の者たちに保護された。

他の部屋にいた客や店の者たちが鈴なりとなり、ハラハラとして悶着を見守った。その野次馬のなかに麦助と千代吉の姿があった。表で見張っていたものが、騒ぎに駆けつけてきたのだ。

最初に備中守が外出の折を見計らい、はつを呼び寄せておいて物陰から首実検をしたのだが、遠目のせいもあって、はつの返事は判然としないものであった。下手人の殿様に似ているとも似ていないとも、なんとも言えないと言うのだ。ひょろっとした長身の背格好はそっくりだが、顔つきが違うようにも思えると、はつの証言は曖昧《あいまい》だった。湯浴みをしたり同衾までしておきながら、はつは怖ろしくてまともに殿様の顔を見ていないらしい。

それでやむなく二人して、備中守をつけ廻すことになったのだ。

やがて備中守は脇差を奪われ、取り押さえられて事は鎮まった。

麦助と千代吉は無言で見交わし、その場を離れて表へ出た。

「備中守様はやはり下手人の殿様ではなかった。はつの言う通りだったよ。女色より男色の人だったとはな」

麦助が言えば、千代吉もうなずいて、

「それに伊達家から賜《たまわ》った屋敷も上野山下《うえのやました》ですからね、神田や湯島ではなかった。最初から希《のぞ》みはありませんでしたね」

「鎌輪ぬを持っていても、ただそれだけの話だったのだ。残念だが外れだな」

二人が消え去った。

八

井伊家元家老の鹿島源右衛門を、お蔦と鈴之助は怪しんでいた。

鹿島が井伊家から賜った屋敷は本郷御弓町《ほんごうおゆみちょう》にあり、湯島にも神田明神にも近い。それにはつの言葉通りに、鹿島は長身で細面《ほそおもて》の面相をしており、年相応の老人だ。やさしくも癇癪持ちにも見える。

鈴之助がはつを伴い、鹿島の屋敷近くの掛茶屋で長いこと張り込んでいると、外出の鹿島が中間《ちゅうげん》をしたがえて出て来た。ところが鹿島は頭巾を被っているから、面相が見えないのだ。

鈴之助に聞かれても、はつはわからない、自信がないと言うばかりで要領を得ない。

二人して後をつけると、鹿島は外桜田《そとさくらだ》の井伊家上屋敷へ入って行った。暫くして鼓《つづみ》の音が聞こえてきたから、能狂言が始まったようだ。

その時、はつが母親の躰の具合がよくないと言うから、やむなくその日は帰し、鈴之助一人で屋敷を見張り、やがて夜を迎えた。それでも一向に鹿島が出て来ないから、鈴之助は門番にさり気なく鹿島のことを聞いた。すると能狂言のある日は、鹿島はいつも泊まり込みなのだと言われた。

それでその日は帰ったものの、次の日に鈴之助が浅草聖天町の呉竹長屋にはつを迎えに行くと、不在であった。近所で聞けば、母親が急病で、はつは医家に泊まることになったという。そこまで押しかけるわけにはゆかないから、鈴之助は一人思案にくれていると、お蔦がやって来た。鹿島が不忍池《しのばずのいけ》の料理屋へ向かったと言う。

鈴之助がはつが来られない事情を述べると、お蔦はそこで腹を括《くく》った。こうなったら鹿島に直に当たってみると言う。

「直にといっても、大丈夫ですかね、お蔦さん。もし鹿島殿が下手人の殿様だったら危険ですよ」

「心配いらないわ。殿様の好みは若い美形なんだから、あたしなんぞには目もくれないわよ」

多少の年は食っていても、お蔦とて美形なのだから、鈴之助は内心でそっと危惧《きぐ》した。

九

不忍池の料理屋は、鹿島源右衛門が若い頃から通っていた老舗《しにせ》だった。ゆえに主夫婦や店の者などすべて顔見知りで、下働きの者でさえ鹿島は知悉《ちしつ》していた。

長い年月の間、鹿島は彦根藩のために懸命に働いてきた。藩校設立に力を入れ、学者たちを招き入れ、また領内の河川に築堤もし、水害や火災を決死で防ぎ、傑出した家老として家中の賞賛を浴びた末、老齢につき勇退した。

鹿島は江戸が好きで、藩庁としてもそこのところを慮《おもんぱか》り、鹿島のために本郷御弓町に屋敷を与えてくれた。以《も》って瞑《めい》すべしの生涯といえるも、彼にはひとつだけ慙愧《ざんき》に堪《た》えぬことがあった。

それを思うと、鹿島の心は湿るのだ。

人払いをし、縁に出て一人 盃《さかずき》を干した。寒月の冷たい宵だったが、寒さなども

のかは、亡き妻を思えばさしたることではないと思った。

庭先に人影が差したので、鹿島がふっと見やった。

それはお蔦で、恐縮の体《てい》で近づいて来た。

「彦根の元ご家老様でございますね」

縁先に額《ぬか》ずいてお蔦が言《い》った。

鹿島は虚を衝《つ》かれた様子だったが、別段怪しむこともなく、穏やかな目を向けて、

「何者かな。その方、町場の者の身装じゃがそうではあるまい」

慧眼《けいがん》にもの言わせて看破した。

「御意。ゆえあって名乗れぬこと、お赦《ゆる》し下さいませ」

「相わかった。用件はなんじゃ」

「ずばりお伺いします。ご家老は罪を犯しましたか」

そう言われても、鹿島に動揺は見られず、

「はて、どのような罪じゃな。罪を犯さぬ者などいるはずもないが」

「人殺しでございます」

とたんに鹿島は呵々大笑《かかたいしょう》した。屈託も邪心もない笑い声だった。

「言うに事欠いて、何を申すやら。わしはこれまで人に手を掛けたことなど、只の一度もないぞ」

「左様で」

お蔦は鹿島の真実を汲《く》み取っていた。嘘やまやかしを言う人物ではないとすぐにわかったのだ。ましてや美しい娘を引き入れ、剃髪にして悦楽を味わうような人ではないと確信もした。独断ではあるが、お蔦は自分の眼力を信じていた。

「ご無礼を致しました」

深々と頭を下げ、あっさり行きかけた。

鹿島はお蔦を咎《とが》めることもなく、ひっそりと黙って酒を飲んでいる。その姿は何やら寂しげであり、お蔦の心の琴線《きんせん》に触れるものがあった。

「ご家老様、なんぞお心に残るものがございますか」

「うむ？　ハハハ、気にするな」

「非礼を承知でお尋ねしたいと思います。わたくしの目からは昔のことで悔やんでいるようにも」

「…………」

「ご家老にお子様はなく、奥方様一人でございましたな」

「わしのことを調べたのか」

「申し訳ございませぬ」

鹿島はふうっと太い息を吐くと、

「何者にも代えがたいよき妻であった」

「…………」

「わしは政務に勤《いそ》しむあまり、ほとんど家へ帰ることなく、江戸と国表を行ったり来たりの年月を送っていた。三月《みつき》も四月《よつき》も妻の顔を見ぬ時もあったほどじゃ。それでも妻は文句ひとつ言わず、わしの帰りを待っていてくれた。上田秋成《うえだあきなり》の作に浅茅ヶ宿《あさじがやど》と申す話があるが、まさにあれよ。長らく家を空け、妻の顔を見ると亡霊ではないかと思う時もあった」

「…………」

「しかしそんなことのあろうはずもない。妻は元気に、気丈に生きてわしを待っていてくれたのじゃよ。払暁《ふつぎょう》を迎えても積もる話が尽きず、二人して朝寝をしてしまったこともあったわ。あの日々がなつかしいのう」

鹿島の目にうっすら光るものがあった。

「奥様を亡くされたのは去年でございましたな」

「うむ、そうなんじゃ。妻に死なれた時は脱け殻のようになってしもうた。身も世もないとはこのことじゃよ。隠居を願い出たのはそのすぐ後じゃった。誰も反対はしなかった。君主殿を始め、皆がわしのことをわかっていてくれて、何も言わなんだ」

「…………」

「当家は代々大老職を務める家柄ゆえ、それだけに藩の責も重い。今でも外にいて家中のことには気を配っている。意見も述べている。わしは死するその時まで彦根の人間なのじゃな」

「それで結構でございます。きっと奥様もお喜びになられているものと。ご無礼を致しました」

お蔦が頭を下げて行きかかると、鹿島が呼び止めた。

「待て」

お蔦がふり返った。

「事成就《ことじょうじゅ》の暁《あかつき》にわしと一献《いっこん》傾けぬか」

「はっ？　名乗りもせぬわたくしとでございますか」

「名などどうでもよい。またその方の身分にも関心はない。人として、女として見込んだのじゃ。話し相手が欲しくての」

お蔦は赤面し、恐れ入って、

「はい、そういうことでしたらやぶさかではございませぬ。御弓町のお屋敷の方へ顔を出します」

「そこまで知っているのか。その方、いずこかの探索方なのじゃな」

「否定は致しませぬ」

「では名乗れ」

「蔦と申します」

「相わかった、お蔦。また会おうぞ」

「はっ」

お蔦が一礼してその場から去った。

暗い道を行きながら、お蔦は緊張がほぐれてホッとする反面、鹿島について考え、思いを深くしていた。

(鹿島源右衛門殿はまっとうな御方《おかた》だわ。断じて下手人の殿様なんかじゃない。鎌輪ぬのことだけ聞きそびれたけど、今となってはなんの意味もない。これで怪しい人が一人消えたわね)

上気したような気分で、お蔦にもその夜の寒さは堪《こた》えなかった。

十

お京の調べによれば、神田界隈に文耕堂なる版元は存在しないことがわかった。それを菊次郎に伝えておき、さらにお京は通油町の舞の家を見張りつづけた。

すると踊りの稽古の終わった後などに、舞がよく外出する姿を目にした。めかし込み、結構な色柄の小袖姿になって、いそいそと出掛けるのだ。明らかに浮き立ったその様子から見ても、胸のときめくような相手と逢うことは容易に察しがついた。

その舞の姿を見てから、弟子の若い娘をつかまえてそれとなく聞いてみると、お師匠さんの外出は最近のことで、以前はこんなことはなかったという。男が家に通って来ないだけに、まだ深い仲ではないとお京は睨《にら》んだ。

舞をつけて一度失敗したことがあった。

尾行の途中で、町 奴《まちやっこ》同士の喧嘩が始まり、その騒ぎに阻《はば》まれて見失ってしまったのだ。お京は地団駄《じだんだ》踏む思いがした。

次に尾行した時はうまくいって、舞が通旅籠町《とおりはたごちょう》の『紅葉屋《もみじや》』なる汁粉屋《しるこや》で、逢引きする男を初めて見た。つまり巳之介である。巳之介もめかし込んで、いい男っぷりだった。

二人はその店に馴染《なじ》んでいる様子だったから、お京は後で店の者に聞いてみた。それによると、二人が店で逢うのは三日に一度とほぼ決まっていて、初めて来てから半月近く経っているという。

さらに突っ込んで店での二人の様子を聞くと、男が頻《しき》りにほかのどこかへ行くことを誘っているが、なかなか舞の方が応じないとのことだった。恐らく舞の操《みさお》は固いのだ。

それを聞いて、お京は舞に好感を持った。

みだりに男に靡《なび》かない姿勢は大変よいのである。お京はふしだらは嫌いなのだ。もっともそれ以前に、お京には靡こうにも相手がいないのだが。ゆえに舞がうらやましくてならない。

そこまで得た情報を、お京は菊次郎に伝えた。

菊次郎は父親の一九を誘い、紅葉屋へやって来て、顔が見えない奥の小上がりに陣取って張り込むことにした。舞がその日の稽古を終えたことを確認し、そして今日が相手と逢う日だということも調べ済みだった。

菊次郎も一九も酒飲みだが、甘い物は拒まない主義である。しかし昼下りから何杯も汁粉を食べ、さしもの二人もいい加減うんざりしていた。

そこへ舞がいそいそと店へ入って来た。

今日も舞はきれいに化粧し、艶やかな小袖姿になっている。

舞は戸口近くの床几《しょうぎ》に掛け、店内をキョロキョロと見廻した。

「先生、あれが娘御か」

菊次郎が一九へ小声で聞く。これまでは話だけで、本人を見るのは初めてだった。

「そうなんだが、外での舞を見たことがねえから面食らうぜ。まるで他人の娘みてえだ」

「美形ですな、これはまさに鳶《とんび》が鷹《たか》だ」

ウッホッホと菊次郎が妙な笑い方をした。

「やかましい」

一九は怒って口をひん曲げる。

舞の視線がこっちへ流れてきたので、二人は思わず猫背になった。

さして舞を待たせることなく、やがて巳之介が現れた。共に笑顔を見せ合い、おなじ汁粉を小女に注文する。

さほど広くない店だから、彼らの会話は筒抜けだ。

「舞さん、いつもおんなじ所じゃ飽きがきませんか。これから両国《りょうごく》まで出て、見世物小屋とか浄瑠璃芝居を覗くってのはどうですね」

巳之介は頻りに舞を誘う。

「あたし、そういう賑やかな所って好きじゃないんです」

「おや、舞さんが引っ込み思案とは思えませんけど。あたしの目から見ると、とても活発なお嬢さんだ」

「違うんですのよ、人は見た目と反対な場合も」

「じゃどっか静かな所へ行きましょうか」

「どんな所ですか」

「ちょっとした料理屋でしてね、そこに大きな池があって、泳いでる鯉《こい》を獲《と》って目の前で捌《さば》いて食わしてくれるんです。うまいんですよ、鯉の生《い》き肝《ぎも》ときたら。あれを舞さんに食わしたいなあ」

「ンまあ、巳之介さんはあっちこっち詳しいんですねえ」

(巳之介だと?)

舞の口から巳之介の名が出て、菊次郎の形相《ぎょうそう》が変わった。それははつやうめを殿様の所へ導いた張本人の名ではないか。同名異人かも知れないが、粋でいなせな色男だったというはつの証言から、問題の巳之介に間違いないと確信した。今で言うなれば重要参考人だが、巳之介の発する雰囲気から、菊次郎は大いに臭いと思った。

汁粉を食べながら、巳之介は諦めずに舞にあちこちの話をして誘いをかけていたが、舞の方に都合があるらしく、やがて巳之介に礼を言って帰って行った。

巳之介は表まで出て舞を見送り、反対方向へ歩きだした。

菊次郎が一九と共に、戸口から去って行く二人を交互に見ながら、

「先生、わたしはあの男をつけます。何者なのか正体を見定めてみようかと」

文耕堂なる版元が実在しない件は、すでに一九に知らせてあった。だが入谷の真源寺をいくら捜索しても巳之介の家はつかめず、虚偽の可能性が高くなってきた。そこまでは一九に話していない。

「おお、そうしてくれ。素性も知れねえ分際で、舞を口説《くど》こうってんだから悪党に決まってらあ。こん畜生めえ」

「先生はどうしますか」

「おれぁ舞にちょっくら話がある。男のことについて釘を刺しとかなくちゃいけねえと思ってよ」

「親子喧嘩になりませんように」

「ヘン、言わずもがなだぜ」

行きかける菊次郎の背に、一九が声を掛けた。

「おう、馬風」

菊次郎がふり向く。

「娘のこと、気遣ってくれて有難うよ」

「いえ、なんの」

菊次郎は爽やかに笑う。

二人は右と左に別れた。

十一

新材木町《しんざいもくちょう》を南へ向かい、蔵地《くらち》の掘割沿いに来て、巳之介を見失った。

巳之介が不意に蔵の角を曲がり、菊次郎がすかさず追うと、彼の姿は忽然《こつぜん》と消えていたのだ。

(気づかれていたのか)

焦って辺りを探し廻る菊次郎に、背後から巳之介の惚《とぼ》けた声が掛かった。

「馬風先生、どなたかお探しでござんすか」

巳之介は悠然《ゆうぜん》としていて、皮肉な笑みを浮かべている。

菊次郎が向き直り、巳之介を睨んだ。

「おれのことは調べ済みか」

「へい、左様で。先生は瀬戸物町の飛脚問屋伏見屋の居候ってえ触れ込みで、十返舎一九先生のお弟子さんてことになってますよね。ところがこいつぁ、世間をたぶらかすとんだ偽りの姿なんだ」

「たぶらかすだと?」

「へい」

「どうしてそう思う」

「先生の動きを陰ながら見張ってたからですよ。居候にしちゃ暇を持て余す風情がねえ。忙しく出歩いていなさる。けどあっしだってまるっぽ暇ってわけじゃねえから、逐一《ちくいち》張りついちゃいませんでしたがね。こっちの知らねえとこで何をなさっているのか。ともかく先生が怪しいお人であるこた間違いねえや」

「ふン、おまえに言われたくないぞ。では言うが、そっちはどうなのだ。美しい女を探し歩いて、殿様という年寄に人身御供《ひとみごくう》と称して献上する。なんのためにそんなことをしている」

ズバリ言われ、巳之介は色を変えて、

「おめえさんの知ったこっちゃねえでしょうが。どうやってそれを突きとめなすった。正体は何者なんでがすね」

「それが知りたいか」

巳之介は手を横にふってうす笑いをし、

「遠慮しときやしょう。知らぬが仏って言うじゃねえですか。こっちの言い分としちゃ、うろうろ嗅ぎ廻らねえで貰いてえなあ」

「都合が悪いのか、調べられると」

「放っといてくれとお願えしてるんですぜ」

巳之介が目に凄味《すごみ》を利かせた。

「そうはゆくものか。女が一人殺されているのだぞ。おまえが下手人ではないのか」

「馬風先生」

「なんだ」

「ひでえ目に遭っても知らねえぜ」

言うや、巳之介はザザッと退き、ふところに呑んだ何本もの手裏剣《しゅりけん》を取り出し、菊次郎めがけて矢継早《やつぎばや》に投げた。

それより早く、菊次郎が身を躱《かわ》す。

さらに次なる手裏剣がトントンと、菊次郎の間近の柳の木に連続して突き立った。

菊次郎が隙を見て踏み出すと、巳之介はすばやく身をひるがえし、親仁橋《おやじばし》を渡って堀《ほり》江町《えちょう》の方へ逃走した。

猛然と菊次郎が追う。

表通りから裏通りへ、追跡はつづく。

路地の一本道、また巳之介の姿が消えた。

菊次郎は刀の柄《つか》に手を掛けて鯉口《こいぐち》を切り、じりっと油断なく路地へ入って行った。

しんと静まり返ったなかに、どこかでコトッと物音がした。音のした方を見ると、空家札のぶら下がった小さな仕舞屋《しもたや》だ。

菊次郎が意を決し、表戸を蹴破って踏み込んだ。戸が倒れると、板の間に巳之介が仁王立ちしていた。その家にあったものらしく、斧《おの》を手にしている。

「いい加減しつけえな、おめえさんも」

「往生際《おうじょうぎわ》が悪いぞ。おとなしく縛《ばく》につけ」

「縛につけだと？　てことは何か、おめえさんはお上の人間なのか。どんな身分なんだ」

「捕えたら明かしてやる。さあ、観念しろ」

「じゃかあしい」

巳之介が斧をふりかざして突進して来た。

菊次郎は抜刀して斧をはね返す。その鋭い切っ先が巳之介の顎《あご》をかすった。パーッと血が流れ出る。

「ううっ、くそっ」

ここを先途《せんど》と、菊次郎が攻め込んだ。

衝立《ついたて》を蹴倒して防御し、菊次郎が怯《ひる》んだ隙に巳之介は奥へ逃げた。間髪《かんはつ》を容《い》れずに菊次郎が追う。

だがすんでのところで、巳之介は内庭から逃げ去った。

追うのを踏み止《とど》まり、菊次郎はやむなく見送る。

手裏剣の技、逃げ足、反撃の仕方、どれをとっても巳之介は只者ではなかった。

柳生新陰《やぎゅうしんかげ》流《りゅう》の剣の道を極めた菊次郎でさえ、たじろぐ瞬間があった。対峙《たいじ》するなかで、どこか呼吸が相まみえる時もあったから、おなじ流派のような気もした。

（剣術使いなのか、あ奴めは……）

胸の引き締まる思いがした。

十二

一九の家のなかで、親子は座して向き合っていた。

外は薄暮だ。

いざとなると気が弱いところがあるから、一九は酒を舐《な》めている。そうしてチラチラと舞の顔色を窺《うかが》いながら、

「もうとっくに飲んじまったけどよ、うまかったぜ、巳之介とやらの置いてった酒は。なんせおめえ、灘のいいやつだったからな」

「あ、そう」

舞の返事は尖って素っ気ない。つんけんした様子だから取りつく島もない。

「なあ、舞よ。おれぁおめえのやることにとやかく言ったこたねえ。これまで只の一度もねえだろ。そうだよな」

「ええ、そうね」

「けどよ、今つき合ってる巳之介はやめた方がいいと思うんだ。こいつぁおめえの身のために言ってるんだぜ」

「どこがいけないの、巳之介さんの」

「………」

「ねっ、はっきり言ってよ、お父っつぁん。あたしだって今までお父っつぁんのやってることにとやかく言ったことはないのよ。おたがいそれでうまくいってたじゃない」

「今まではな、たげえに相手に踏み入らねえ大人の親子だったんだ。だから世間がどう見てようが知らん顔でよ、二人して好き勝手をやってたのさ」

「これからもそれでいいじゃない」

「それがよくねえことがわかったんだ」

「なんですって」

舞がキリッと一九を睨んだ。

「そうは言ってもおれぁ父親で、おめえはこの世にたった一人の目のなかに入れても痛くねえ娘なんだ。実を言うとそんなこた忘れてたんだ、長ぇことな。ところが巳之介のお蔭で呼び覚まされたのさ」

舞は顔だけ笑わせ、目は怕《こわ》くして、

「あら、まあ、そう言えばあたしもそうだった。目の前にいる人は天下の十返舎一九大先生で、お父っつぁんだってこと忘れてたわ」

一九は酔って目が据わってきて、

「よう、おちゃらけ言って済ませられる話じゃねえんだぞ」

「だから話を元に戻して、巳之介さんのどこがいけないの」

「何もかもよ」

「それじゃ話になんない」

「どこまで行ってるんだ、おめえたち」

「えっ」

「深いのか浅いのか、関係を聞いてんじゃねえかよ」

「あ、あたしたちは別に……」

舞は言い淀《よど》む。

「なんだあ？　よく聞こえねえな。もう枕を共にしたってか」

「ひっぱたくわよ、お父っつぁん」

真正面から舞に睨まれ、一九はたじろぐ。

「あたしがそんな女だと思ってるの。確かに巳之介さんはいい男よ、でもそんなんで安っぽく枕なんか交わさないわ。あたしの耳に心地のいいこと言って誘ってくるから、それに乗っていただけよ。まだ相手の見極めが済んでないうちは、指一本触らせるもんですか。大きな声じゃ言えないけど、二十五にもなってあたしはまだ生娘のままなのよ」

「そ、そっか、そうだったのか……」

一九がうなだれた。

「本当に枕を交わしたくなるような男が現れたら、真っ先にお父っつぁんに言うわ。あたし、物事なんでも陰でこそこそするのが嫌な性分なの。堂々としていたいの」

「わかった、おめえの気持ちはよっくわかったぜ。それならそれでもういいや、おれの方に言うこたねえ。これまで通り好きにやってくれ。おめえを信じるよ」

「やっとわかってくれたのね」

「けどよ、好きな男ができても、今から帯を解きますなんて、おれに言う必要はねえぜ」

「馬っ鹿ねえ、お父っつぁんたら」

溜まっていたものが雲散霧消《うんさんむしよう》でもしたかのように、舞は蟠《わだかま》りをなくして快活に笑う。次に一九の酒をぶん取って飲む。

「お、おめえ……」

「何よ、文句あるの」

「ねえ、ねえとも。おめえにゃ負けた」

一九は嬉しくなってきて、グビグビと酒を飲む。

舞は気分が落ち着いたところで、

「もう巳之介さんに会うのはやめにする」

「心変わりしたのか」

「あの人、なんだか知れないけどあたしに魂胆《こんたん》があるのよねえ。ううん、手を出すとか、そういうんじゃなくて、いつもあたしに探りを入れるの」

「どんな」

「お父っつぁんのことから、それに弟子の馬風さんのこと。馬風さんのこと聞くのが一番多いわね。ねっ、どうしてあたしに馬風さんを会わせないの」

「おう、いつでも会わせるぜ。今まで機会がなかっただけよ。近えうちに呼んでいっぺえやるか」

「いいわよ」

「そういや奴も独りもんなんだ。おめえの相手が馬風なら、おれの方から文句は出ねえんだけどなあ」

「勝手に決めないでよ」

そう言っておき、舞は興味津々《しんしん》の目になって、

「どんな人なの？　馬風さんて」

「まあ、そのう、なんつったらいいのか、茫洋《ぼうよう》としてとらえどころのねえ男だな。けどこれだけは言えるんだ。奴は根っからの気持ちのいい男よ。心ンなかは青空よ。そいつぁ間違いねえ」

「うん、わかった。じゃ会わせてね」

「よし」

「あたし、おいしいお料理、腕によりかけてこさえるから」

十三

勘定奉行は、勝手方《かってがた》と公事方《くじかた》の二つに分かれている。

勝手方は収税、徭役《ようえき》、金穀《きんこく》の出納《すいとう》、禄米《ろくまい》の支給、旗本知行地の分割、河川橋梁《かせんきょうりょう》の

普請《ふしん》、諸国郡代《ぐんだい》、代官の支配、そして金座、銀座、銅座、鉄座、真鍮座《しんちゅうざ》、朱座《しゅざ》、銭座等々の貨幣の鋳造を行う。一方の公事方は天領《てんりょう》（幕府直轄地）の訴訟を一手に取り扱っている。

幕府の財政を掌《つかさど》る所は、老中の所管である勘定所という役所があり、これを直接支配するのが勝手方勘定奉行である。

神尾能登守は、その勝手方勘定奉行だ。

彼が執務する場所は城内に二箇所あって、御殿《ごてん》勘定所と大手門内の下《しも》勘定所で、その日の神尾は前者の方にいた。

広い用部屋で数十人の勘定方小役人が整然と机を並べ、書類をこさえ、算盤《そろばん》を入れている。算盤を弾くその音は壮烈で、まるで滝のように聞こえる。

上座に陣取って書類に目を通していた神尾が、人が近づいて来る気配にふっと顔を上げた。肩衣半袴《かたぎぬはんばかま》、御殿での定服姿だ。

烏丸菊次郎と建部内蔵助が揃ってやって来て、人を介さずに神尾の前で畏《かしこ》まり、慇《いん》懃《ぎん》に会釈をした。二人とも神尾とおなじ身装だ。

彼らを見知ってはいるが、奥祐筆がこの役所へ来ることはまずないから、神尾は違和感を持って見迎えた。

「これはこれは、気鋭の御祐筆方が何用でござるかな」

神尾は柔和な笑みを湛《たた》えて問うた。恰幅《かっぷく》のいい五十前後で、髪に少しばかり霜《しも》を頂き、押しも押されもせぬ風格を具《そな》えている。気鋭と言ったのは皮肉でも揶揄《やゆ》でもなく、烏丸と建部の辣腕《らつわん》ぶりは殿中《でんちゅう》で音に聞こえているからだ。それだけに穏やかながら、神尾にやや緊張が窺える。

「神尾殿には、市村羽左衛門をことのほか贔屓《ひいき》にしておられますな」

無駄を省くようにして、内蔵助がいきなり核心を衝いた。厳格な雰囲気の殿中で歌舞伎役者の名が出ることなどないから、神尾は狼狽した。

「はあ、確かに。否やは申さぬが、それがどうなされた」

「贔屓の見返りに、よき品を贈られました」

内蔵助の話の方向性がつかめず、神尾は若干の不安を覚えつつ、

「まさか、あれのことを?」

「あれとは?」

内蔵助が問い返す。

菊次郎は口を差し挟まず、控え目ながらもじっと神尾の表情の動きを見守っている。

「煙草盆のことにござる。過ぐる日、確かに羽左衛門より贈られた。彼《か》の者は趣味人

ゆえにそれがまた凝《こ》った品で、鎌輪ぬなどと申す名をつけておった。それが何か？」

　そこで菊次郎が初めて口を切り、

「鎌輪ぬはまだお持ちでござるか」

「あ、いや、それが……」

「如何《いかが》なされた」

　菊次郎が畳み込み、

「お手許《てもと》にござらぬのか」

「今はない。それを欲しいと申す御仁《ごじん》が現れて、差し上げてしもうたが」

「その御仁の名、お聞かせ願えぬか」

「はて、そう申されても」

　神尾は困惑する。

「どうなされました」

　菊次郎に問われ、神尾は答えに窮したようになるも、そこで冷静に立ち戻り、

「奥祐筆のお二方がうち揃うて、鎌輪ぬの行方の追及でござるか。ここはいわばわしの聖域《せいいき》であるがゆえ、場所柄をわきまえて頂けぬかの」

　神尾が言うのももっともなので、菊次郎と内蔵助は苦笑で見交わし、

「仰せの通りでござるな。ご無礼を」

内蔵助が謝罪しておき、改めて、

「鎌輪ぬの行方さえ明かして下されば、われらすぐにでも退去致します。どうかお教えのほどを」

「切に、お願い申す」

菊次郎も頭を下げた。

だが神尾は難色を示し、

「お断り致さばどうなりますかな」

二人はまた見交わし合い、

「それは解《げ》せませぬな。たかが煙草盆のことではござらぬか。誰に差し上げたか、それが言えぬと申されるか」

菊次郎の追及はやまない。

「たかがされどの煙草盆やも知れぬ。このわしが明かせぬと申しているのです。それ以上の言及は非礼ではござらぬか、ご両名とも」

頑《がん》として言わぬ神尾に、二人はその上の追及を諦めた。

奥祐筆の用部屋に戻り、人払いをした上で菊次郎と内蔵助は額《ひたい》を寄せ合った。

「どう思う、内蔵助」

「神尾は内心で慌てていたぞ。明かせぬとなればどうでも知りたくなるは当然のことだ。彼奴《きゃつ》が殿様とやらでないことはわかるが、その人物こそが娘殺しの下手人、もしくは殺しを指図した張本人なのだ。これはむざむざ引き下がるわけにはゆくまい」

「したが確たる証拠がなくば、この上の追及は無理だ。相手が相手だけに訊問の繰り返しは叶わぬぞ」

「なんとか致せ、菊次郎」

「おまえはそう言うが事は容易ではない。勘定奉行殿が事件に関わっているとなれば、幕閣を揺るがす大事だ。神尾が重職らを焚きつけたなら、おれたちは潰《つぶ》されかねない」

「嵐を前にした雛鳥《ひなどり》だとでも言うのか」

「雛鳥よりもっと小さい虫ケラかも知れん」

「では五分の魂《たましい》を見せてみろ」

「偉そうに」

「春奈も期待していると申しておった」

「ここで春奈の名を出すな」

「どうしてだ」

「里心がつく。今はこの件に専念したい」

強い意思の目で、菊次郎は言った。

第三章　夕紅の怒り

一

慶安《けいあん》四年（一六五一）に由比正雪《ゆいしょうせつ》の乱が起こり、その徒党である丸橋忠弥《まるばしちゅうや》を処刑した場所が鈴ヶ森《すずがもり》で、一気に名を高めた。

それ以来、土地の人は一本松の獄門場《ごくもんじょう》と称するようになったという。鈴ヶ森処刑場のあるのは不入斗村《いりやまずむら》で、そこからほど近い新井宿《あらいじゅく》（入新井《いりあらい》）の浜辺の出町《でまち》に、遊里があった。

その私娼窟《ししょうくつ》は三軒あって、併せて三十人余の白首《しらくび》を置き、楼主は牛五郎《うしごろう》というおなじ男がやっている。

牛五郎の先祖はこの地に流れ着いた北条家《ほうじょうけ》の浪人だったというが、本人が言っているだけで定かではない。彼の面構《つらがま》えに武士の面影はなく、獰猛《どうもう》なその名の通りに牛のような男だからだ。血筋というものは嘘はつかないのである。

牛五郎は初老だが勢いが盛んで、日々女郎たちを弾圧している。

宵の口の書き入れ時で、牛五郎は一軒の女郎屋の帳場で子分から苦情を聞いていて、カッとなって逆上した。

一番の売れっ子の夕紅《ゆうべに》に来客があって話し込み、商売にならないのだという。すでに三人の客が別室で夕紅を待っているらしい。

「なんだ、その客ってな」

牛五郎が怒声を発して言うと、子分は首をすっこめながら、

「長えこと会ってなかったおっ母さんらしいんでさ。それであっしらも会うなとは言えなくて。まさかこんな長話になるとは……」

「ふざけやがって」

牛五郎は席を蹴って出て行き、ズカズカと夕紅の部屋へ向かった。

力任せに障子を開けると、子分の言った通りに、夕紅と母親のむらが深刻な様子で話し込んでいた。

このむらというのは、本所中之郷八軒町、剃髪にされて殺されたうめの母親でもあ

るのだ。

「おい、もう客が来てんだ、いい加減にしねえかよ、おめえら」

親族であろうがなんであろうが、牛五郎はそんなことはお構いなしで、おのれの利益しかない男だから乱暴に言い放ち、

「あんたがおっ母さんか、お初にお目文字《めもじ》だな」

「は、はい」

むらは恐縮する。

「けどおめえさんも娘の商売柄を考えてくれなくちゃいけねえぜ。こんな忙しいさなかに親子で何語り合ってるんでえ」

むらが両手を突いて謝る。

「申し訳ございません、はる、いえ、この子の姉が急におっ死《ち》んだもので、それを伝えに来たんでございますよ。この子とは長いことはぐれちまって、探すのに手間取ったんです。まさか女郎になっていたなんて、思いもしませんでした」

むらも初老だが、こっちは牛五郎と違ってきれいに老けていて、粗衣の下の痩せた肩を哀しみに震わせている。

「断っとくが、考え違《ちげ》えをされちゃ困るぜ。この夕紅は男に騙《だま》されてここに売り飛ば

されて来たわけじゃねえんだ」

「ええっ」

「ある日突然てめえの方からやって来てよ、女郎をやらせてくれと言ったんだからな。おれぁ頼まれただけなのさ」

「そ、そうだったんでございますか」

むらは驚きで夕紅を見て、

「そりゃ本当なのかえ、おまえ」

夕紅はそれについての説明は一切《いっさい》せず、ふてくされたような笑みを浮かべている。まだ十七になるかならないかの小娘で、姉とおなじようなほっそりとした顔立ちの美形だ。だが目に凄味にも似た険《けん》があり、気性は暗く、心が折れ曲がっているように見える。

二人を差し置き、夕紅は黙って隣りの小部屋へ入って行った。

牛五郎とむらは戸惑いの視線を交わし、

「てめえ、何してやがる、とっとと客を迎えねえかよ」

牛五郎が怒鳴った。むらの方はおろおろしている。

やがて女郎の安物の衣装をかなぐり捨て、地味な小袖に着替えた夕紅が現れた。白《おし》粉《ろい》も紅も落として、すっぴんに近い顔になっている。それでも充分に美しいのだが。

「牛五郎、あたし、ここを出る」

楼主を呼び捨てにして、夕紅が言った。

「なんだと」

「あたしが今までここで稼いだ分、〆《しめ》て五十両ほどあるはずよね。ちゃんと数えてるんだから。きれいに耳を揃えて出してよ」

「そ、そんな勝手な話があるものか、やい、この阿魔《あま》、それで世間が通ると思ってやがるのか」

「ガタガタぬかすんじゃないよ、出すもの出しな」

本性を剥《む》き出しにするような口調で言い、夕紅がぬっと牛五郎の前に立った。五尺三寸（約百六十センチ）ほどの牛五郎と身の丈が変わらず、したがって目線はおなじだ。

夕紅に睨まれ、牛五郎はあんぐり口を開けて、その気魄《きはく》にたじろぐ。

「このいかさま野郎が」

夕紅が怒号し、いきなり牛五郎に地響きのような音をさせて頭突きを食らわせた。目から火が出て、切れて血も流れ、牛五郎は痛みに泣き声を上げてしゃがみ込んだ。

二

江戸へ向かう暗い道を、夕紅とむらは小走っていた。

二人とも私物を入れた風呂敷包みを抱いていて、むらは怖ろしげに頻《しき》りに後ろをふり返っている。

「おまえ、あんなことして大丈夫なのかえ。いくら自分から女郎になったっていったって、今のご亭主にはそれなりに世話になったんだろう」

「いいのよ、おっ母さんが心配するようなこっちゃない。あんな奴のことなんか考えてやることないよ」

夕紅は牛五郎を脅して帳場まで行き、五十両をぶん取って来たのだ。その時も金を出し渋る牛五郎を二、三発ぶん殴っていた。

「どこへ行くんだい、これからどうするつもりなのさ」

切迫した声でむらは言う。うめの死を告げに来ただけのつもりが、こんな予想外の運びとなり、むらは烈しく動揺している。

夕紅は歩を止め、帯の間をごそごそとまさぐって金ピカの小判五十枚を取り出し、手を急かせて数えるや、強引に三十枚をむらに握らせた。

「これ、上げるよ。取っときな」

「お、おまえ、こんな大金を……」

「いいじゃない、あたしが躰《からだ》売って稼いだ金だもの。別に悪い筋のもんじゃないよ。その金で姉さんのお墓建てて上げて」

言いながら、夕紅は耳を欹《そばだ》て、近づいて来る追手の足音を聞き取っていた。

「ここで別れよう、おっ母さん。達者で」

「帰ってお出でよ、はる、本所へ」

「うん、いずれね。ちゃんとやっといて。日を改めて墓参りに行くから」

「そ、それにしてもおまえ……」

「いいから、早く行って」

娘に強く言われ、むらは心残りながらも立ち去ろうとした。

「待って、おっ母さん」

むらがふり向いた。

「昔のこと、もう怨《うら》んでないから」

「はる……」

むらは悔恨の情深く、その場に立ち尽くすも夕紅にうながされ、諦めて消え去った。

夕紅はそこで大地を踏みしめて立つと、風呂敷包みを放って足で遠くへ蹴りのけた。闇に目を走らせて得物《えもの》を探す。やがてお誂《あつら》え向きの一本の棒切れを手にした。それを握りしめて扱《しご》く。戦闘態勢に入ったのだ。

牛五郎と子分の五、六人が血相変えて駆けつけて来た。険悪な形相で一斉に夕紅を取り囲む。

「やい、このクソ女、半殺しにしてやるぜ」

牛五郎の采配《さいはい》で男たちが殺到した。

夕紅が棒切れを唸らせた。正眼《せいがん》から大上段にふり被《かぶ》り、目にも止まらぬ早業《はやわざ》で男たちを打撃して行く。鼻を打たれ、目を突かれ、首根を殴打され、腹や足を打撲《だぼく》され、男たちは次々に打倒された。

夕紅は棒切れの切っ先を牛五郎に向け、迷わず前進して行く。

「よ、よせ、やめろ」

後ずさりながら必死で逃げ道を探す牛五郎の顔面に、棒切れがまっすぐにめり込んだ。

「ぐわっ」

牛五郎が血だらけになって転げ廻った。

夕紅は棒切れを投げ捨て、風呂敷包みを持ってすばやく歩きだした。

そうして暗い情念で一点を見据え、

（仇を取ってやる、たとえ骨が舎利《しやり》になっても姉さんの仇を取ってやるんだ）

夕紅が決意を固めたのである。

三

江戸城に奉公する坊主衆の世界は独特で、総勢は五百人余にものぼる。

奥坊主、奥坊主小道具役、御用部屋坊主、お時計坊主、表坊主、お数寄屋《すきや》坊主、紅葉山《もみじやま》御霊屋《みたまや》付《つき》坊主、お縁側《えんがわ》坊主、高盛《たかもり》坊主等々、役儀によって細分化されているが、それら坊主衆の頂点に立つのが僕坊《どうぼう》、すなわち同朋頭《どうぼうがしら》である。同朋頭は丸坊主で継《つぎ》裃《かみしも》を着用し、典儀には威厳のある礼服の素襖《すおう》を着る。

同朋頭は老中、若年寄《わかどしより》、勘定奉行など、要職お歴々の給仕につくところから、機密文書を目にする機会が多く、また将軍の出行には先駆けもするので、おのずと権威を持つようになった。定員は四人で、半田丹阿弥《はんだたんあみ》はそのなかでも一番の古株だ。平の坊主から這い上がってきた男だから権威主義が身につき、鼻持ちならない。

殿中で威張り腐っているだけに、町場へ下りて来ればさらにそれが倍となり、丹阿弥はどこでも鼻つまみ者にされている。しかも吝嗇《りんしょく》ときているから始末が悪い。

その日も深川の一流の料理屋に、供も連れずに陸尺《ろくしゃく》四人の担ぐ駕籠《かご》で乗りつけ、近頃追いかけている辰巳芸者《たつみげいしゃ》の花菊《はなぎく》を名指しで呼んだ。ところが花菊の方は逃げを打っているから、なかなかお座敷に現れない。

しだいに丹阿弥は不機嫌になってきて、料理にケチをつけようと、店の主《あるじ》の藤兵衛《とうべえ》を呼んだ。しかしそれもすぐには来ず、腹立ち紛《まぎ》れに手を烈しく叩いた。畳も踏み鳴らした。怒っているのだ。

ようやく足音がして、ガラッと障子を開けて入って来たのは、烏丸菊次郎であった。

「こ、これは烏丸様、なぜこのような所に」

丹阿弥が慌てて座り直した。

菊次郎はその前にどっかと座ると、

「花菊も藤兵衛も来ぬぞ」

芸者と主の名を出し、

「このおれが差し止めた」

「はあ？」

五十半ばの丹阿弥は（この若造が）という顔になり、兇悪な目を向けて、

「ご自分で何を申されているか、わかっているのでございますか。この丹阿弥の不興を買うとどんなことになるか、それがわからぬお手前様ではございますまい」

慇懃《いんぎん》な言葉遣いながら、強く非難した。

菊次郎は柳に風の風情で、

「うん、よくわかっているつもりだ。おまえは明日にでも、ご老中辺りにおれのあらぬことを告げ口するのであろう」

「そ、そんなことは致しませぬが、それがわかっていて、なぜ人のすることにあえて横槍を。このわたくしになんぞ遺恨《いこん》でもおありなのですかな」

「おまえの力を借りたいのだ」

「どんな頼みごとか知りませぬが、気分を害しましたのでご助力はお断りしますぞ。冗談ではない」

丹阿弥は鼻で吹く。

「そうか」

「こんな不快な夜は初めてだ、失礼を」

丹阿弥が席を蹴って立ち上がった。

菊次郎はすばやく片足を突き出し、丹阿弥の脚に絡めてすっ倒した。不意をくらった丹阿弥が無様《ぶざま》にドスンと尻餅《しりもち》を突く。

「な、何をなされます。正気でございまするのか」

丹阿弥が顔を赤くし、烈火の如く怒った。

菊次郎はそれには答えず、丹阿弥に寄ってそのつるつる頭を、まるで小坊主にでもするように扇子《せんす》でバシバシ叩いた。悲鳴を上げる丹阿弥の胸ぐらを取り、さらに締め上げる。

「ううっ、ぐうっ、苦しい」

丹阿弥がジタバタと足掻《あが》く。

「おまえは検校《けんぎょう》もどきに高利貸しをやって阿漕《あこぎ》に稼いでいるようだな。同朋頭たる者がそんなことをしてよいのか。よいわけはない。ご老中のお耳に入ったらおまえは叱責どころでは済まぬぞ。たちどころに同朋頭の座を奪われ、只の茶坊主に格下げだ。おまえは殿中の嫌われ者ゆえ、皆が手を叩いて喜ぶ姿が目に浮かぶな」

「そ、それだけはおやめを」

丹阿弥は泡を食う。

「おまえの貸金の取り立ても厳しいらしい。以前に金を払えずに一家心中もあったと聞くぞ。それを揉み消すのに町方役人を金で黙らせた。おまえのやっていることはそこいらの無頼漢《ぶらいかん》と変わらんようだ」

「いったいなんのために。わたくしを脅してどうなされるおつもりなのでございますか」

「勘定奉行の神尾能登守殿だ」

「はい？」

「神尾殿が親交を結んでいる輩《やから》を知りたい。特に心を許しているような者だ。お側近くに仕えるおまえならわかるはずだ」

「そ、それは……」

菊次郎は丹阿弥を絞めて睨み据え、

「茶坊主に格下げとなってもよいのか」

「申します、申し上げます」

丹阿弥がひれ伏した。

「ならば言え」

「神尾様ともっとも仲がおよろしいのは、御金改役《おかねあらためやく》の後藤三右衛門孝之《ごとうさんえもんたかゆき》様にございます」

「御金改役……」

さすがに御金改役に知り人はなかった。

「してその者の齢《とし》は」

「齢でございますか」

「そうだ」

「本年七十に相なりまする」

「…………」

御金改役後藤三右衛門孝之こそが、神尾能登守から鎌輪ぬを貰い受けた張本人ではないかと、菊次郎の疑惑は深まった。

四

金座は伏見屋のある瀬戸物町から近く、ほんの二、三町先で、菊次郎とお蔦はさりげなさを装って本町《ほんちょう》一丁目の金座役所の周りをぐるっと歩いて、建物を検分していた。

その規模は敷地は三千坪余、奥行七十二間（約百三十メートル）、間口四十六間（約八十四メートル）の広さで、長屋門《ながやもん》に黒板塀をめぐらせ、堂々たる威風を払っている。二人の視界には入らないが、邸内に金局《きんきよく》（事務所）、吹所《ふきどころ》（鋳造所）、御金改役の役所と住居、長屋などがあるのだ。

因《ちな》みに言えば、職員の階級として、番頭に当たる常式方《じようしきかた》、その下に並役《なみやく》という手代格がおり、作業場には吹所棟梁《とうりよう》、棟梁手伝いがいる。

事務方には年寄役《としよりやく》、触頭役《ふれがしらやく》、勘定役、平役《ひらやく》がいて、これらの任免は勘定奉行が行うも、後藤一族、及び吹所の累世の一族二十戸からも選ばれていた。また座外の者では座人並《ざにんなみ》、手伝い、小役人などがあった。職員の経費は、分一《ぶいち》といって、出来高の百分の一の鋳造手数料の中から支払われていた。

「これまでは関わりなかったがゆえ、ろくに見もしなかったが、こうして眺めると金座とはなかなかのものだな」

菊次郎が言うと、お蔦はうなずいて、

「菊さんから御金改役の名が出て、改めて調べてみたんです。金座は世襲ですんで、代々後藤家の庄三郎《しようざぶろう》という人が継いできましたけど、十一代目の庄三郎さんが不正を働いて、三年前に三宅島《みやけじま》へ島流しの憂き目に遭ってるんです」

それを聞くや、菊次郎の地獄耳がピクリと動いた。

「初耳だぞ」

「はい」

「そのこと、世間に取り沙汰はされなかったな」

「ほかならぬ御金改役ですから、お上としても内々に処置したものと」

「どんな不正だ」

「さあ、詳しくは。でも毎日ピカピカの小判を見て暮らしていたら、なかには悪心を起こす人が出ても不思議はありませんよ」

「しかし後藤家を潰すわけにはゆかぬから、今は十二代が継いだのだな」

「ええ、同族のなかから銀座年寄役の後藤三右衛門孝之が出て、丸く納まったんです。恐らく鎌輪ぬを、勘定奉行の神尾様から譲り受けた人ですね」

「それが疑惑の人物ということになる」

「ええ」

「神田明神か湯島に別宅はあったか」

「そっちも調べてみました。神田明神の近くの妻恋町《つまごいちょう》に立派なお屋敷が。そこを三右衛門は好きに使っているようです。しかも、出入りの商人の話では、歌舞伎役者から貰ったという自慢の煙草盆を秘蔵しているとか……」

　菊次郎の目が光った。

「遂に当たりが出たか」

「苦労の甲斐がありました」

　その時、軋《きし》んだ音で開門がなされ、陸尺四人の担いだ塗駕籠が邸内から出て来た。紅網代真鍮紋《べにあじろしんちゅうもん》の美麗な女駕籠だ。供揃えは若い並役数人である。

　菊次郎とお蔦が見ている目の前を、駕籠の一行が通り過ぎて行く。往来の人も道を空けている。

「あの女駕籠ですと、三右衛門が乗っているとは思えませんが」

「わからんぞ、もし御本尊なら面を拝んでやる」

「それじゃあたしも」

　二人して一行の後を追った。

　駕籠は本銀町《ほんしろがねちょう》二丁目のわずかな距離で停まり、そこは名高い呉服店で、なかから降り立ったのは、きらびやかな御殿衣装にも近い豪奢《ごうしゃ》な身装の貴婦人であった。御金改役に貴婦人などがいるはずもないが、そういう雰囲気を身に纏《まと》った気高い美貌の女なのだ。年は三十前後かと思われ、端正な面立《おもだ》ちは氷のように冷たく、一切の感情

を排しているかの如しで、菊次郎に言わせれば、

(ありゃ能面を被ってるみたいだ)

ということになる。

「何者だ、あれは」

菊次郎の問いに、お蔦が答える。

「恐らく今の御金改役の常式方、つまり大番頭ですね。調べたなかに、乾千景《いぬいちかげ》という名前がありました。素性はわかりませんが武家上がりの女です」

「実権を握ってるんだな、あの女が」

「そう聞きました。三右衛門の次に偉い人なんです」

「それゆえ大名の奥方風の衣装と駕籠で、世間を通っているというわけか。駕籠舁《か》きが四人というのも大身《たいしん》並だ」

「はい。きっと御金改の役所には、世間とは違う風が吹いてるんですよ」

「くそっくらえだな。あの役所がしだいに伏魔殿《ふくまでん》に思えてきたぞ」

五

二人が伏見屋へ戻ると、店土間は飛脚依頼の客でごった返していた。

鈴之助、麦助、千代吉、お京がてんてこ舞いだから、お蔦も菊次郎をうっちゃって客を分けて行った。

菊次郎がそのまま奥へ行きかけると、客に混ざってむらの姿があり、それが近寄って来た。

「あのう、話を聞いて貰えませんか」

むらが切なる表情で言うから、菊次郎も放っておけず、

「うん、どんなことかな」

「あたしは本所中之郷八軒町のむらと申します。この間手に掛けられたうめの母親でございます」

「なんと」

むらは恐縮の体《てい》で菊次郎に向かい、

「以前にうめの件でここの飛脚さんとご縁ができたものですから、少しばかりお力を

お借りしようかと……こんな話、お役人に言っても聞いて貰えないと思いまして」

「わかったぞ、そういうことならわたしが聞こう」

菊次郎が形相を一変させ、むらを誘って奥へ連れて行き、小部屋に座して向き合った。

「話を聞こう、どんなことだ」

「ええと、お武家様は？」

言い難そうに、むらが菊次郎の素性を問うた。

「わたしはここの居候だが、うめの件なら聞いている、おおよそわかっている」

言いながら、菊次郎は火鉢の薬缶《やかん》から二人分の茶を淹《い》れ、一つをむらに差し出した。

こういうところはまめな男なのである。

「それはようございました。その後何か耳にしておりませんか」

茶には手をつけずにむらが言う。

「いいや、がっかりさせてすまんが、今のところは」

御金改役後藤三右衛門の名を、ここで出すわけにはゆかなかった。

「そうですか……」

むらは肩を落として何やら思案する風だったが、やがて意を決したように顔を上げ

て、

「うめにははるという妹がいるんでございます」

「妹は家を出ていると聞いたが」

「はるはちょっとばかり事情がありまして、一緒に暮らしてはおりませんでした。あの子は十五で家を出たんでございます」

「どんな事情なのだ、差し支えなくば聞かせてくれんか」

「はい、それは……」

むらは逡《しゅん》巡《じゅん》の末、菊次郎に打ち明ける。

「では恥をお話し致します。うめとはるにはなさぬ仲の父親がおりました。二人の父親は五年前に他界して、その後あたしにいい人ができて一緒になったんです。ところがその男が悪い奴で、あたしの目を盗んではるに手を出したんでございます」

菊次郎は衝撃を受け、

「むごい話だな」

むらは暗い目でうなずき、

「うめと違い、はるは気性の烈しい子でございました。何度目かに男が手を出した時、包丁《ほうちょう》で刺したんです」

「どうした、男の生死のほどは」

菊次郎は思わず身を乗り出していた。

「命に別状はありませんでした。でも男はそれで家を出て行き、はるはそんな男を引き入れたわたしのことも怨みました。十五の小娘の思案ですから無理もございません」

むらは身も世もなく、慙愧《ざんき》の念に堪えぬ風情となり、

「いいえ、一番悪いのはあたしなんです。そんな悪い男と見破れなかったんですから」

「はるは今は幾つだ」

「十七です」

「で、十五でとび出したはるの消息がつかめたのか」

「はるの昔の幼馴染みにひょっこり会いまして、行方が知れました。うめが死んだことを知らせてやろうと、そこへ行ったんです」

「どこにいた、はるは」

「鈴ヶ森の仕置場の近くに新井宿という所がありまして、そこの遊里ではるは働いていたんです。源氏名は夕紅といってました」

その話にも菊次郎は衝撃を受け、

「さすらううちに悪い男にひっかかったんだな」

「それが違うんです」

「何、違う？」

「楼主の話ですと、そこにははるが自分で来て、身売りをしたと」

菊次郎は驚愕《きょうがく》する。

「信じられんな、若い娘がみずから女郎になったというのか」

「はるの気性なら得心《とくしん》も参ります。あの子はいつも人の考えない思い切ったことをするんです」

「姉の死を聞いて、はるはなんと言った」

「仇討《あだうち》をしてやると。それしかないと」

菊次郎が声を吞んだ。

「確かに気の荒い子でしたけど、あんなになっていたとは。女郎屋をあたしと一緒にとび出しましたが、楼主からこれまで働いた分を取り上げたんです。その五十両のなかからはるはあたしに三十両をくれました。うめの墓を建ててくれと言って。楼主ははるに殴られて血まみれでした。まるであの子、別人のような変わりようでした。それに……」

「どうした」

「鈴ヶ森で別れる時、あたしにもう昔のことは怨んでないって、そう言ってくれたんです」

「………」

空白の二年間に、はるの身に何かがあったのに違いない。それが姉の仇討を決意したというのだから、菊次郎は危惧を抱いた。勘定奉行や御金改役など、とても小娘の闘える相手ではないのだ。

「で、はるは今どこに」

「わかりません、鈴ヶ森で別れたまんまなんです。あの子勝手に事件を調べて、下手人に辿り着いたところでどんなことをするか」

菊次郎が息を詰めた。

「それを考えますと怖ろしくてなりません。どうかお力を貸して下さいまし。この通りでございます」

むらは七重の膝を八重に折るようにし、菊次郎に頼み込んだ。

六

雷門の念珠屋の家の前に、菊次郎は文六を呼び出して訊問していた。

日の暮れ間近だが、参詣人の往来が賑やかだ。

「おい、文六、おまえを訪ねて若い娘が来なかったか」

文六はちょっと視線を泳がせる。菊次郎はそれを見逃さない。

「いいえ、誰も来てませんけど」

「そうか」

「その人が何か？」

「殺されたうめの妹なのだ」

「へえ、そいつぁまた」

「はるという名のその娘は、無謀にも姉の仇《かたき》を討とうと言っている。おれはそれを止めたい」

「そうだったんですか」

「もし来たら知らせてくれんか。居所を聞いてくれてもいい」

「わかりました、承知致しやした」

文六と別れ、菊次郎は立ち去った。

すると文六は身をひるがえし、家の裏手へ廻って行った。

そこにぽつねんと、はること夕紅が立っていた。

「あんたのことを詮索されたよ」

「何者なの」

「はっきりとはわからないよ、そんなに親しい人じゃないんでね。それよりあんた、たった今聞いたけど姉さんの仇討をするつもりなのかい」

夕紅はそれには答えず、

「あんた、何も言わなかったろうね」

「もちろんさ」

文六は夕紅から貰った小判一枚を見せて、

「世の中、こいつがものを言うからね」

「巳之介って男、どうやってつなぎをつけるの」

「まっ、それはわたしの方でなんとかするから大丈夫だ。奴に会ってどうしようってんだい」

「あんたの話にあった人身御供にして貰うのさ」

「それで仇討をするってかい」

夕紅にギロリと睨まれ、文六は目を慌てさせて、

「そんな危ない橋渡ってどうするんだい。姉さんは帰っちゃ来ないんだよ。女だてらにそんなことして、どんな目に遭わされるかわからないじゃないか」

「余計なお世話よ。あんたの知ったこっちゃないだろ」

「そ、そりゃそうだけど……」

「いいね、あたしが泊まってるのはこの近くの有馬屋《ありまや》って宿屋よ。巳之介が何か言ってきたらすぐに知らせて。いいわね」

文六が請負い、夕紅は消え去った。

そうして文六も家のなかへ戻って行くと、物陰から菊次郎が姿を現した。文六の言うことなど最初から信用しておらず、二人のやりとりは逐一耳に入れていた。

七

木賃宿の有馬屋は猿廻しや大道芸の連中が多く逗留《とうりゅう》していて、夜ともなると誰か

の部屋で安酒で宴会が始まり、笑い声で賑やかになる。

二階の突き当たりの三帖ほどの小部屋で、夕紅は膝小僧を抱え、鬱々《うつうつ》と陰気臭く、何やら考え込んでいた。そこだけひっそりとして空気が沈み込んでいる。

ミシッと廊下を踏む音が聞こえ、夕紅は鋭い視線を流した。

破れ唐紙が静かに開けられ、菊次郎が姿を現した。

夕紅はカッと火のような目を向ける。

それを見ただけで、菊次郎はこの娘のなんたるかがわかって、ふっと肩の力を抜いた。

そして断りもなく入って来て、鞘《さや》ごとの大刀を腰から抜いて、夕紅の前にどっかと座した。

顔を背《そむ》け、夕紅は沈黙している。

「仇討はおまえがやらずともおれがやる」

「…………」

夕紅は黙んまりだ。

「母親がおれを訪ねて来た。それでおおよその経緯は聞いた」

「家をとび出してからの二年、どこにいた」

「何も言わないよ」

「そうか、それでも構わん」

部屋の外で「お待たせしました」と声あって、唐紙を開けて女中が顔を出し、酒の膳を差し入れて下がって行った。

菊次郎は手を伸ばして膳を引き寄せ、勝手に酒を始める。

「おれはおまえたち姉妹の顔を見ている。もっとも姉の方は死に顔だったが。二人とも美人姉妹なのだな」

「なんなの」

「うむ？」

「人のことに首を突っ込んで」

「迷惑か」

「放っといて貰いたい」

「そうはゆかんよ。姉さんは理不尽な死に方をした。そんなことをした奴らをどうして放っておける。とむらい合戦をしてやらねば姉さんは浮かばれまい」

「それはあたしがやる、妹だから」

「おまえに何ができる」

夕紅がすばやく動いて、菊次郎の腰から鞘ごとの脇差《わきざし》を抜き取った。一瞬の早業だ。脇差の鯉口《こいぐち》を切り、白刃を抜き、夕紅は菊次郎に突きつける。

菊次郎は慌てず、騒がず、爽やかな笑みになった。想定内のことなのだ。

「たまげたな、恐れ入ったぞ」

相手をくすぐるような言い方をした。

夕紅が歪んだ笑みを浮かべた。

「あんた、わざと取らせたね」

「いやいや、おまえの早業には参った。何もできなかった」

夕紅が白刃を鞘に納め、菊次郎の方へ差し戻した。

「何者なの、あんた」

「地獄耳だ」

「アハハ、馬鹿みたい」

「初めて笑ったな」

菊次郎にそう言われると、夕紅は笑みを引っ込める。

「人身御供になるおまえの後をつけ、悪人儕《ばら》を炙《あぶ》りだすつもりでいる」

「帰って」

「そう言うな」

「顔も見たくない」

「嫌われたか」

「そうよ、あんたみたいな人大嫌い。虫酸《むしず》が走る」

そう言っておきながら、夕紅は手を伸ばして菊次郎の酒を飲む。

「酒はうまいか、苦いか」

「子供扱いしてあたしを怒らせようとしてるのね。その手には乗らない」

「よくわかるな」

夕紅は舌打ちする。

「まっ、嫌われたのなら仕方ない。帰るとするか」

菊次郎が立ちかけた。

「いいよ、いなよ」

「うん？」

「そこに、座り直して」

菊次郎は言われた通りにする。

「こんな小娘でも酒の味はわかるわよ。そうされたのよ」

「察して余りあるぞ」

「べらべら喋ったのね、おっ母さんが」

「おまえが心配なのだ」

「いいのよ、そんなこと言ってくれなくて。あたしはあの人のいい人を刺したんだから。どっちが悪いか聞いてるんでしょ」

「しかしおまえはおっ母さんを許した」

「そ、それは……」

「その話はもうよそう。おまえはけだものに嚙まれたのだ」

夕紅が菊次郎を見た。それは純できれいな目なのである。

「あたしだって、口にしたくないわよ」

「最初の話に戻るぞ。二年の間、おまえはどこで何をしていた。おれはそっちを知りたいな」

「…………」

「言っちまえよ」

菊次郎がうながす。

「労咳《ろうがい》(結核)で死にかけた剣客《けんかく》と知り合ったの。死にそうなのに二年持った。その間やることといったら、あたしに剣術を教えることだった。血の滲《にじ》むような修行をさせられたわ。でもそれがよかった。あたしは目覚めたの。その人も素質があるって言ってくれた」

「その御仁はどうされた」

「死んだわよ」

夕紅の目から滂沱《ぼうだ》の泪《なみだ》が溢《あふ》れ出た。

菊次郎は胸を打たれた。なんとこの娘は感性の強い子なのか。剣客と夕紅の濃密な二年が容易に想像できた。すべて得心がいった。

「その腕をほかで活かすことは叶わぬか。人を斬れば罪になるのだぞ」

「ならないわよ、あたしは」

「なぜだ」

「もうじき死ぬから。剣術使いも言ってた。あたしは長くは生きないって」

「根拠がないな」

「あたしは信じてるわ」

言った後、真剣な目を菊次郎に据えて、

「お姉ちゃんが好きだった。仲がよかったのよ。だから仇討をしてやりたい」

「おっ母さんが独りになっちまうぞ」

「いいの、あたしの定めだもの」

「よせ、そんな風に思うのは」

「勝手でしょ、あたしの。あんた、奥さんいるの」

「なぜそんなことを聞く」

「いるの？　いないの？」

「いるよ」

「うまくいってるの」

「すこぶるな」

「名前、なんて言うの。奥さんの」

「どうでもいいだろ？」

「よかないよ。教えて」

「春奈だ」

「ふうん、春奈さんね。そのうち夫婦仲、壊れるよ」

菊次郎が破顔した。

「そうはゆかん。長く生きろ、はる。そうすればこの世も捨てたものではないということがやがてわかる。まだ十七ではないか」

「どうだか。人はみんな違うわ」

「その通りだ。しかし誰にでも一度は幸福が訪れる。天の思《おぼ》し召しだ。その手でつかむのだ」

「そんなもの来ないよ」

「来たらどうする」

「えっ」

夕紅が目をうろたえさせた。

「喜びを知るのだ、はる」

「はるはやめて」

「なぜ」

「夕紅って名前気に入ってるの」

「女郎の時の名ではないか」

「女はみんな女郎よ」

夕紅は嘯《うそぶ》く。

「わかったようなことを言うな。ああっ、おまえとの会話も飽きたな」

突如、菊次郎が妙なことを言った。

「なんだって」

「おまえは拗《す》ねる気持ちばかりで先がない。閉ざされている。そんな娘の戯言《ざれごと》を聞いていると陰々滅々《いんいんめつめつ》とした気分になってくる。これは度《ど》し難《がた》い。おまえの話はつまらんの一語に尽きる」

「あ、えっ、何、この人……なんて変わってる人なの。見たことない」

「近いうちにまたな」

「待って、もう少し」

夕紅が止めるも、菊次郎は片手をひらひらとふりながら出て行った。

茫然《ぼうぜん》としたまま、夕紅は取り残され、ちょっと寂しい顔になる。やがてふわっと不可思議な笑みを浮かべた。

残り酒を飲んで、またうすく笑った。

八

小伝馬町《こでんまちょう》三丁目の大通りを、巳之介が先に立って舞と歩いていた。

商家の櫛比《しっぴ》する繁華な町で、人通りが絶えない。

舞の住む通油町の近くなので知った顔が多く、舞は人から挨拶《あいさつ》されてぎこちなく返している。巳之介と一緒だから気恥ずかしいのである。

「巳之介さん、もう帰りますよ、あたし。そろそろお弟子さんが来る刻限なので」

「わかってるんですよ、舞さん」

「えっ、なんのこと」

「おまえさん近頃わたしに素っ気ないじゃありませんか。というより、避けていなさるようだ」

図星をさされ、舞は少し狼狽《ろうばい》し、

「そんなことありませんよ、巳之介さんの思い違いですよ。このところちょっとばかり忙しくって」

「心変わりしたんですね」

「え、それは……待って、巳之介さん。心変わりも何も、あたしたちハナっからそんな間柄じゃあ」

「ええ、そうですね。いい年して二人の思い出といえば、汁粉を一緒に食べたことぐらいですから」

巳之介がシレッと言ってのけた。

「嫌な言い方するわね」

舞は口のなかでつぶやき、

「ねっ、どこまで行くんですか、本当に今日はおつき合いできないんですよ」

「戻りましょうか」

舞は当惑して、

「さっきからおなじ所ばかりぶらついて、いったい何をしてるんですか。おまえさんて人の考えてることが本当にわかりませんね」

「ハハハ、わかりませんか、困りましたね」

巳之介は惚けて舞をあしらいながら、さり気なく蕎麦屋《そばや》の二階に目をやった。

そこの窓辺に宗十郎頭巾《そうじゅうろうずきん》の老人がいて、食い入るように舞の容姿、歩く姿を見ていたのだ。

老人は巳之介と目が合うと、重々しげに首を横にふり、姿を消した。

巳之介はそれで態度を一変させ、舞に何やらお為《ため》ごかしを言い、共に通りを去って行った。

束《つか》の間《ま》の巳之介と老人の奇妙な目と目のやりとりを、一方から不審げに見ている人物がいた。舞の父親の十返舎一九である。

例によって、一九は知り合いの鰻屋《うなぎや》の店内で自堕落に昼酒を舐めていて、目の前を通って行く舞と巳之介を苦々しく見ていた。そこで向かいの蕎麦屋の二階の老人に気づいたのだ。

(なんでえ、あのクソ爺《じじ》いは……)

舞が巳之介を遠ざけようとしていることは知っているから、もはや一九の関心はそっちにはない。舞は気性のはっきりした女で、前言をひるがえすようなことはない。

一九の興味は、今初めて見る如何にも曰《いわ》くありげな老人に向けられていた。

その老人が蕎麦屋から出て来た。地味な身拵《みごしら》えではあるが上物の小袖を着て、脇差だけを差している。一九は武士と思っていたがそうではないようで――。

(わかったぞ、ありゃ苗字帯刀《みょうじたいとう》を許された結構な身分の輩《やから》に違えねえ。そんな爺いがなんだって巳之介と知り合いなんだ。いいや、それより爺いは舞を品定めしていたようだが、こいつぁいってえどういうことなんでえ)

興味津々となり、一九は鰻屋をとび出し、老人の尾行を始めたのである。

九

菊次郎の前で一九は膝頭を揃え、もごもごと口籠《くちご》もり、言い難そうに切り出しかねていた。

伏見屋の一室で、突然訪ねて来た一九に面食らい、菊次郎は出掛かっていたからやむなく応対することになったものの、気分は落ち着かない。

「何かあったのですか、一九先生」

「酒がへえってるとおれぁ……困ったもんだよなあ、酒飲みってな。つい気が大きくなっちまってよ」

一九の話がどこに向かうのかわからず、菊次郎は気が急いて、

「実はそれがし、今からちと出掛けるところがありまして」

木賃宿の有馬屋にいる夕紅を皆で交替で見張っていて、菊次郎はすぐにでも行こうとしているのだ。

ところが一九の次のひと言で、そうはゆかなくなった。

「気がついたらおめえ、おれぁ金座役所の庭に座り込んでいたんだぜ。丁度そこで酔

いが醒めたのよ」

　菊次郎は真顔になって座り直し、

「先生、今なんと仰せに」

「金座役所だよ。爺いの後をつけてったら金座にへえっていきやがった。それでおれもついふらふらと。役人でもいて止めてくれりゃいいものを、誰もいねえもんだからどんどんなかにへえってっちまったんだよなあ」

「なぜそんなことに」

　菊次郎が目を険しくして問うた。

「おれが小伝馬町の鰻屋で飲んでたら、舞と巳之介の二人が歩いて行きやがった。また巳之介が誘い出したんだろうが、そっちのしんぺえはしてなかったんだ。舞はもう奴とはつき合わねえときっぱり言ってたからな」

「女に二言はないと」

「ハハハ、さむれえじゃあるめえし。けどまあ、舞はそういう女よ。だから巳之介に関しちゃもう終わったことだと」

「偽の版元のくせに、まだ巳之介はお嬢さんの周りをうろついていたのですな。あの食わせ者めが」

巳之介が目障《めざわ》りでならなかった。

「そうなんだが、今日はなんとなく巳之介の狙いがわかったような気がしたぜ」

「どういうことですか」

「二人の行く途中に蕎麦屋があってな、そこの二階から宗十郎頭巾の爺いが、舞のことをじろじろ見て品定めしてやがったんだ。しかもそいつと巳之介は目配せをしていた。爺いは舞を見て首を横にふっていたから、駄目ってことじゃねえのか。何が駄目なのかわからねえが、おれぁなんとなくそれで舞が難を逃れたような気がしたんだ。つまり巳之介はその爺いに女を取り持ってるんじゃねえかと、おれぁ思ったぜ。それが奴の狙いだとな」

「ふむ、それでどうなりました」

「だから爺いの後をつけたんじゃねえか、気になってよ」

「そうしたら金座に入って行ったのですな」

「そういうことだ。庭にひそんでいると、爺いが廊下をやって来て、そのめえにもの凄え別嬪《べっぴん》の女が立ったと思いねえ。年格好は三十年増《どしま》だな」

恐らく御金改役常式方、乾千景のことを言っているのだと、菊次郎は当たりをつける。

「話し声は聞こえねえんだが、女がきつい口調で爺いをなじっているのがわかった。ところがどう見たって爺いの方が偉そうなのに、女に叱られてシュンとしてやがるんだ。爺いは苗字帯刀を許されて脇差も差していやがったから、あれがたぶん御金改役の後藤なんとかじゃねえかと思うんだ」

「なるほど、なるほど」

一九の眼力は外れてないから、隅に置けないと菊次郎は内心で思う。それにしても、女番頭が主人をきつい口調で叱るとはどういうことか。番頭の方に力があるということなのか。菊次郎は解せない。

しかしこれ以上一九を事件に巻き込むのは菊次郎の本意ではないから、なんとか彼を遠ざけようと、

「先生、巳之介は恐らく叩けば埃《ほこり》の出るような男です。そんな奴をゆめゆめお嬢さんに近づけてはなりませんぞ」

「わかってるよ、舞はそんな馬鹿じゃねえはずだ」

「お嬢さんはそうでも、向こうはどう出るかわかりません。ともかく目を離さぬことですな」

一九は急にそわそわとなって、

「そ、そう言われるとなんだかしんぺえになってきたぜ、今日はけえるよ」

「無事を祈ってます」

一九が去ると、菊次郎は考え込んだ。

巳之介は舞を殿様の人身御供にしようと、連れ出して陰のお披露目をしていた。だが殿様は首を縦にふらなかった。一九が言うように確かに舞は難を逃れたのだろうが、そこがひっかかった。舞が醜女《しこめ》ならともかく、菊次郎も過日に汁粉屋で見ており、舞はむしろ美形の方ではないか。殿様は何が気に入らなかったのか、そこがどうにも腑《ふ》に落ちないのである。

はつの証言にあったように、殿様はやさしい反面、癇癪《かんしゃく》持ちで気難しいと言っていたから、女の好みも厳しいのかも知れない。

菊次郎は一九の口の悪さが移ったように、

(おのれ、クソ爺いが)

と思ってしまう。

足音が聞こえてきて、お京が入って来た。

「菊さん、ついさっきですけど、千代吉さんが念珠屋の文六を見張っていたら、巳之介が現れて文六と二人して出掛けて行きました」

「おお、それでどうした」

「千代吉さんはすばやく動いて、巳之介の目を盗んで文六に行く先を聞いたんです」

巳之介を表に待たせ、文六が着替えをしているところへ、千代吉は庭先に忍び込んで聞き込んだのだという。文六は菊次郎一党がお上の人間とわかっているから、逆らわないのである。

お京がつづける。

「すると案の定、有馬屋にいる夕紅からつなぎを貰ったんで、そのことを巳之介に伝えたら、すぐに会いたいと言ってきたと文六は言ったそうです。きっと夕紅は母親から文六のことを聞いて、動きだしたんです。母親はうめの死んだ経緯を町方に詮索したなかで、文六のことを知ったんだと思います。菊さん、まんまとこっちの思う壺《つぼ》に事が運んでるんですよ」

菊次郎がうなずき、

「夕紅がうめの妹だということは、文六に話したのか」

「いいえ、文六ははるのことを知ってましたよ。仇討話も聞かされていて、けどそれ以上は首を突っ込まないようにしていたとか。深く関わることを恐れているようです。こっちもその方が助かるんであえて余計な説明はしていません」

「それは重畳《ちょうじょう》。巳之介は夕紅を人身御供にするための品定めに、有馬屋へ来たのだな」

「それしかないと思いますよ」

「文六から品定めの結果は聞いたか」

「はい、それは鈴之助さんが文六をつかまえて。結果は上々らしく、夕紅は殿様にお目文字することに」

「舞は気に入らず、夕紅はいいのか。よくわからんな」

「はっ？　なんのことです」

「夕紅の前に一九先生のお嬢さんが品定めをされている。それには殿様は首を縦にふらなかったのだ」

「はあ、そんなことがあったんですか。ともかく今宵暮れ六つ（午後六時）に、下谷の稲荷町《いなりちょう》の大榎《おおえのき》の下で、夕紅は巳之介の迎えを待つことになったそうです」

お京は菊次郎を見据えて言う。

「よし、わかったぞ。よくやってくれた」

菊次郎がお京に礼を言い、刀を取って立ち上がった。

十

上野山内で撞《つ》く鐘が暮れ六つ刻を告げ、陰鬱な響きで鳴り始めた。

下谷稲荷町の大榎の下、うす暗い道端で夕紅は人待ち顔で佇《たたず》んでいた。地味な小袖を着て薄化粧を施し、楚々《そそ》とした若い娘の風情に造っている。知らない人が見ればおしとやかそうだが、その内面はさにあらずで、復讐《ふくしゅう》の嵐が吹きまくっているのである。

仲のよかった、大好きだった姉さんの遺恨を晴らしたい、その一念だけが夕紅を支えていた。ふところの奥深く、夕紅は匕首《あいくち》を呑んでいるのだ。

風が出てきて、夕紅の鬢《びん》のほつれを乱れさせ、それが一層凄みを感じさせた。後戻りできない崖《がけ》っぷちにみずからを立たせ、夕紅は身震いするような緊張感のなかにいた。仇討本懐《ほんかい》を遂げた後のことは何も考えていなかった。だが自訴する気も、捕まるつもりも毛頭ない。ましてや死ぬることなど、考えてもいなかった。腕に覚えは充分にあるのだ。

無数の足音が聞こえてきて、夕霧の彼方《かなた》から陸尺四人の担ぐ塗駕籠が現れた。その脇に巳之介がつきしたがっている。

一行が夕紅の前で停まった。

巳之介は夕紅の美しさに口笛を吹かんばかりにして、

「さっき宿屋で会った時より一段ときれいじゃないか。やはりわたしの目に狂いはなかった。おまえさんなら殿様はさぞお喜びになるだろうよ」

「あのう、どこへ行くんですか」

清純を装って、夕紅は蚊《か》の鳴くような声で問うた。

「さほど遠くではない、すぐ着くよ。けどここでひとつ、おまえさんには目隠しをして貰わなくちゃならないんだ」

「目隠しですか」

「何も怕《こわ》がることはないよ。お相手の方は身分のある人なんでね、いろいろと障りがあるのさ。わかるよね、そういうこと」

「はい」

巳之介が細布を取り出し、夕紅に目隠しをした。そうして駕籠に乗るように指図し、夕紅は黙って言われたことにしたがった。

駕籠の戸が閉められ、動きだした。

巳之介が横を歩きながら話しかける。

「はるさん、聞きそびれたけど、家はどこなんだえ」

「向島《むこうじま》の方です」

夕紅は駕籠に揺られながら答える。向島は口から出任《でまか》せだ。

「それがどうして木賃宿なんぞに逗留しているんだい」

「親と諍《いさか》いを起こしてとび出したんです」

「ああ、そういうことかい。じゃわたしとこうしているのは誰も知らないんだね」

「ええ、そうです」

(そいつぁ何かと都合がいいや)

巳之介は腹のなかで北叟笑《ほくそえ》んだ。

「巳之介さん、行った先であたしは何をすればいいんですか」

「殿様のお相手をするだけさ。何も難しいことじゃない。酒を飲んで浮世の話のひとつも聞かせてやっておくれな」

「偉い御方なんですか、殿様って」

「ご身分はちょっと言えないね。勘弁しておくれ。まっ、ともかく悪いようにはしないから。今宵今から明日の日の暮れまでご奉仕してくれれば、十両の金子《きんす》が貰えるんだよ」

「さっきもその話を聞かされましたけど、本当なんですか。あたし、どうしたらいいんでしょう」

夕紅はうち震えた声を出す。

(姉さんも十両貰ったのよ。若い娘を大金で釣り上げて、狒々爺《ひひじじ》いもいいとこじゃない)

夕紅は沸々《ふつふつ》と、だが強烈に、改めて怨念《おんねん》を滾《たぎ》らせたのである。

十一

湯島妻恋町の屋敷の奥座敷で、巳之介が夕紅の目隠しを取り外した。

そこへ至るまで、屋敷に着到して巳之介に手を引かれ、母屋《おもや》へ上がって長廊下をしずしずと行き、奥まった座敷へ案内された。

邸内は不気味に静まり返って、物音ひとつしない。

「いいかえ、殿様の前ではおとなしく、従順にしているんだ。逆らっちゃいけないよ。聞かれたことにはちゃんと答えて、素直で通すんだ。わかったね」

「はい」

「それじゃ殿様をお呼びして来るから、ここで待っていておくれ」

夕紅が無言でうなずくと、巳之介は足早に出て行った。

ここはいったいどういう屋敷なのか、夕紅には計り知れない。しかし座敷の家具調度などを見る限り、れっきとした武家屋敷のように思える。がらんとした八帖間に文机、衣桁《いこう》があるほかは何もなく、大火鉢の火が赤々と燃えている。

(ふン、狒々爺いがここで何をやらかそうってのさ。よくわからないけど、やれるものならやってご覧て言いたいわね)

夕紅の内面は不敵なのである。人を人とも思わないのである。手をそっとふところにやり、匕首の存在を確かめた。

(姉さん、仇はきっと取るからね。あたしを護《まも》ってね)

心に念じた。

力のない足取りで、まるで幽霊のようにして後藤三右衛門孝之が入って来た。細面の痩せ型で、全体に生気がなく、顔は皺《しわ》だらけで蠟《ろう》のように白い。

夕紅が表情を引き締めて見迎えた。

「力を抜け」

年寄特有のかすれ声で三右衛門は言う。

「えっ」

「取って食おうとはいわん」

「…………」

三右衛門は夕紅の前に座し、その顔から肢体を繁々《しげしげ》と眺めやって、

「なるほど、巳之介が言うだけのことはあるな。いつもはな、娘を町に連れ出させ、わしが隠れて品定めすることになっている。その上で決めていた。じゃがおまえのことはその必要はないとあ奴は言いおった。自信があったんじゃな。確かにその通りの娘じゃわ」

「…………」

夕紅は目を伏せ、黙って三右衛門の言葉を聞いている。

「さあ、では宴《うたげ》を始めようかの」

三右衛門が手を差し出し、夕紅はそれにつかまって立ち、導かれるままに座敷を出た。廊下を行き、ほどなくして煌々《こうこう》と灯のついた広座敷へ入る。

豪華な食膳が用意されてあった。余人の姿はない。しかしこれだけの料理を調理する職人が、広い屋敷のどこかにいるのだ。幾つもの火鉢の火が勢いよく燃えていた。

三右衛門が上座に着座したので、夕紅は少しためらっていたが、燗酒《かんざけ》を取ってその前に侍《はべ》り、酌《しゃく》をした。

三右衛門と目と目が合った。

「おまえ、男は？」

夕紅が意味のわからない顔を作り、三右衛門を見て首を傾げた。

(何言ってるの、この爺さんは。男ならうんざりするほど知ってるわよ、女郎だったんだから)

「男は知っているのか」

盃《さかずき》を干しながら三右衛門が言う。目の奥で何かを愉しんでいる風情だ。

「……さあ、それは」

「どうなんだ」

夕紅が曖昧《あいまい》な笑みを浮かべた。だが腹のなかは苛立ち、ムカついていた。

「知っているのか」

「…………」

三右衛門は癇癪を起こす寸前で、声を震わせて、

「よいか、おまえは生娘《きむすめ》でなくてはならんのだ。生娘が頭を丸めてわしに奉仕する。

奉仕をさせる。そこに限りない極楽がある」

「頭を丸めるんですか」

「そうじゃ、若い生娘のつるつる頭を愛《め》でながら媾《まぐわ》いたい。剃髪にすれば男にも思える。そこが妙味なんじゃ」

（どうかしてるわね、このクソ爺い。何考えてんのかしら。だったら陰間《かげま》とでも遊べばいいじゃない）

だが内面とは裏腹に、

「まだ男を知りません」

夕紅が言ってのけた。

「真《まこと》じゃな」

「はい」

「ではそこで丸裸になりなさい」

「…………」

「わしの前できれいな躰を見せるのだ」

「…………」

「なんだ、言っている意味がわからんのか。嫌だとは言わせぬぞ」

夕紅は押し黙り、固まっている。

三右衛門が手を叩くと、ややあって巳之介が入って来た。

「おい、この者を裸にしろ」

巳之介が面食らって、

「へっ、丸裸に？　いつもと手順が違いますが」

「裸にしろ」

三右衛門に睨まれ、それきり巳之介は口を閉ざし、夕紅に寄って帯に手を掛けた。

間髪《かんはつ》を容《い》れず、匕首が鞘走った。

「ぐわっ」

頬がざっくり二つに切り裂かれ、巳之介は絶叫を上げてのけ反った。顔面が毒々しく血に染まる。

夕紅が白刃を構えたまま、すばやく三右衛門に歩み寄ってその前に座り、睨み据えた。

度胸が据わっているのか、三右衛門は動じない。

巳之介は顔を覆《おお》って転げ廻っている。

「姉さんの仇を討ちに来たんだ。うめって娘を憶えてないかい」

「知らん、何を言ってるんだ、おまえは。正気なのか」

「シラを切ろうったってそうはゆかないよ」

夕紅は怒号する。

背後の巳之介がふところから手裏剣を抜き放ち、手拭いを片手に持って疵口《きずぐち》に当てて出血を止めながら、そっと夕紅に近づいた。

夕紅はすぐに反応し、立って向き直り、白刃の切っ先を巳之介に向けた。巳之介は夕紅のすばやさに驚き、後ずさる。

その巳之介を夕紅は睨み、

「おまえは何をした。姉さんを手に掛けたのはどっちなのさ。おまえかい、このクソ爺いの方かい」

巳之介は血まみれの顔を不敵に笑わせ、

「どっちでもないよ。うめはしっかり憶えてるけど、誰が殺したかなんて知らねえなあ」

「じゃ誰が」

「行きずりに殺されたんだろうぜ。不身持ちな娘の憐れな行く末だよ」

「姉さんはそんな女じゃない」

夕紅が鋭く匕首を走らせた。巳之介は手裏剣で応戦する。小さな白刃同士が刃音をさせてぶつかり合った。三右衛門はふところ手で見守っている。

その時、襖《ふすま》が静かに開き、ぬっと菊次郎が入って来た。

夕紅がハッとなり、予期せぬ闖入者《ちんにゅうしゃ》に三右衛門と巳之介も色を変えた。

「後藤三右衛門」

菊次郎に言われ、三右衛門は唸り声を上げる。

「またしても御金改役の不祥事《ふしょうじ》のようだな。十一代は公金横領の罪で島流しとなったが、おまえは人一人手に掛けている。どうやっても獄門は免れまい。なんたるていたらく、後藤家もこれでしまいかも知れん」

「誰だ、おまえは」

三右衛門が立ち上がり、精一杯の威厳を見せて言い放った。しかしその顔面は蒼白だ。

「奥祐筆組頭烏丸菊次郎」

「なんだと、奥祐筆がなぜ……」

「悪事は千里を走るのだ」

そこへ鈴之助、麦助、千代吉がさっと入室して来た。三人は無言で巳之介に近づいて行く。

「なんだ、てめえら」

巳之介が手裏剣をふり廻して暴れまくった。

鈴之助たちは腰から抜いた樫棒《かしぼう》で立ち向かい、多勢に無勢で巳之介の手から手裏剣を叩き落とし、麦助が組み伏せた。

菊次郎が三右衛門に迫って行くと、横から夕紅が匕首を構え、三右衛門に向かおうとした。それを菊次郎が押し止める。

「よせ、はる。後はわれらに任せろ」

「そうはゆかないわ、この爺いだけは許せない」

二人が揉み合った。

菊次郎が夕紅の手から匕首を奪い取る。すると夕紅はなりふり構わず、牙を剝いて三右衛門に突進して行った。とびかかってむしゃぶりつき、殴る、蹴る。それを菊次郎が再び止めに入った。老人は荒い息遣いでへたり込んでいる。

その時、玄関の方からものものしい気配が聞こえてきて、菊次郎が鈴之助たちと何事かと見交わした。

千代吉が様子を見に走って出て行き、またすぐ戻って来て、菊次郎に小声で告げた。

「大番頭のあの女が、駕籠で乗り付けて来ました」

「なんだと」

菊次郎が表情を引き締めた。

その間、夕紅は白い顔でなりゆきを見守っていて、三右衛門はへたり込んだままだ。巳之介は畳に面を伏せられ、麦助に後ろ手に縛られている。

やがて襖を開け、乾千景が入って来た。威風辺りを払い、御殿女のように豪華な着物を裾長にしている。化粧が濃いから臈《ろう》たけた白狐《びゃっこ》のようだ。

その周りに千景を護衛する七人の浪人団がずらっと立ち並んでいる。いずれも二十代で浪人のむさ苦しさはなく、身だしなみよく、月代《さかやき》も剃り上げ、どこかの家臣かと見紛《みまご》うほどだ。だが徹底しておのれを殺し、浪人たちは無表情、無機質を貫いている。

「わたくしは御金改役常式方乾千景と申す。このような刻限に当家に押し入り、なんとしたことです」

千景がまっすぐに菊次郎を見て、厳しく叱責した。

その目許涼しく、顔は氷のように冷たく、付け入る隙を与えない。美人ではあるがあくまで権高《けんだか》で気位高く、高飛車《たかびしゃ》である。

これにはさしもの菊次郎も扱いに困った。これまで糾弾したことのない相手で、対応の術《すべ》を持たない。

鈴之助たちも困惑の顔を菊次郎に向けている。

しかし相手は格式の高い武家ではなく、御金改役なのだ。菊次郎は臆《おく》する必要はない。いと思った。

そこで腹を据え、また千景に名と身分を伝えた上で、

「後藤家十二代が悪行を仕出かした。その詮議あって参上したもの。これは公儀としてのお役なのだ」

「黙らっしゃい」

千景の罵声《ばせい》が飛んだ。

「場所柄もわきまえず、なんたる無礼。奥祐筆であろうがなんであろうが、無断で他家へ押し入るなどもってのほかです。早々に立ち去りなされ」

菊次郎は緘黙《かんもく》する。

「さもなくば取り返しのつかぬことになりまするぞ」

菊次郎が千景を見た。

「はて、どうなるのかな」

「ご老中に人を走らせ、貴殿の狼藉《ろうぜき》を訴えます。事公《ことおおやけ》にならば貴殿にお咎めある

は必定《ひつじょう》。それでもよろしいか」

　菊次郎はふてくされる。

「さあ、返答めされい」

　菊次郎は無言で見廻した。

　へたり込んだままなりゆきを見ている三右衛門、麦助に押さえられている巳之介、そして唇を噛んでこっちを見ている夕紅。それらが皆、菊次郎を注視している。鈴之助たちはどうしていいかわからずに突っ立っている。

　一糸乱れぬ動きを見せた浪人団は、相当な手練《てだ》れ揃いだ。菊次郎はともかく、夕紅や奥祐筆衆の敵《かな》う相手ではない。

　菊次郎が夕紅に行くぞと目顔で言い、鈴之助たちに巳之介の連行をうながした。すると千景の合図で浪人たちが動き、麦助を押しのけて巳之介を奪い返した。鉄壁《てっぺき》の雰囲気だ。

　千景は傲然《ごうぜん》と、突き刺すような烈しい目で菊次郎を見据えている。その姿は堂々としていて決して悪びれない。

（参ったな、今宵は負けだ）

　菊次郎が仏頂面《ぶっちょうづら》で身をひるがえした。

第四章　伏魔殿

一

翌朝、出仕前の烏丸菊次郎の許《もと》に使者が立った。

使者はお使番《つかいばん》小山田兵左衛門《おやまだへいざえもん》といい、菊次郎と同役の建部内蔵助を伴い、陪席させた。

お使番は千石取りの大身《たいしん》旗本で、彼ら奥祐筆組頭より身分は上になる。そのお役は戦時には陣中を巡邏《じゅんら》して将士の勇怯《ゆうきょう》、手柄の有無を監察し、伝令を務むる将軍の幕僚である。平時には命令、伝達、上使、諸国の巡察、二条、大坂《おおさか》、駿府《すんぷ》、甲府《こうふ》の定番《じょうばん》、在番、及び諸役の目付をも行う。誇り高いお役で、多くは三河《みかわ》以来の直参が就《つ》くものだ。

書院風の広間に小山田が『下』と書かれた書状を手にして開き、その前に菊次郎が平伏した。小山田の横に内蔵助が控える。ピンとした空気が張り詰める。

小山田は鶴《つる》のように痩せた老人で、上意書《じょういがき》を読み上げ、菊次郎に下達《かたつ》する。

「奥祐筆組頭烏丸菊次郎」

「はっ」

「その方儀、御金改役後藤三右衛門孝之が別宅へ夜陰に押し入り、乱暴狼藉《ろうぜき》を働きし段、重々不届《ふとど》き。よってここに期限を定めず、謹慎を申しつくるもの也。老中松平《まつだいら》伊豆守信明《いずのかみのぶあきら》」

書面を菊次郎の方へ開示した。

この時の老中は四人いて、牧野備中守《まきのびっちゅうのかみ》、土井大炊頭《どいおおいのかみ》、青山下野守《あおやましもつけのかみ》、そして松平伊豆守である。

そのなかで松平が再任を重ね、筆頭格にあたる。松平は三河国吉田藩《よしだはん》七万石の当主で、おん年五十になる。

「異存はないな」

小山田が着座し、菊次郎に言った。

菊次郎は無言でひれ伏している。

「とまあ、わしの役目はここまでじゃな。おい、一杯飲ませろ」

小山田が急に寛《くつろ》ぎ、その場に座して両足を投げ出した。あまりにも極端な変わりようである。

だが菊次郎も内蔵助も委細《いさい》承知していて、菊次郎がにこりともせずに手を叩いた。

それを待っていたかのように、しずしずとおしとやかな足音がし、菊次郎の妻の春奈が酒の膳を掲げて入室して来た。膳には大きめの銚子《ちょうし》が載っていて、盃《さかずき》は三つだ。

すべてがあうんの呼吸で、事が運ばれているのだ。

春奈は二十を出て少々の若妻で、きらびやかな衣装に身を包み、華やいだその雰囲気はどう見ても未通娘《おぼこ》だ。容姿は雅《みやび》で夢見る乙女のようであり、誰もが彼女の美貌を拝めば、浮世の憂さなど忘れてしまいそうになるほどだ。

つぶらな瞳は愛らしく、つんと細く高い鼻の、二つの穴が丸見えなのはご愛嬌《あいきょう》で、ぽってり厚めの唇は情の深さを感じさせ、申し分のない女なのである。

菊次郎に嫁いで三年が過ぎるも、まだホヤホヤの新婚気分が抜けきれず、いくら齢《とし》を重ねても春奈は年々若返っていくようで、菊次郎に揶揄《やゆ》的に言わせれば、

（おのれ、妖怪《ようかい》め）

ということになる。

「小山田様には、ようこそお越しめされました。ご無沙汰を致しおりまする」

くそ丁寧《ていねい》に言って、春奈が三つ指を突いた。

すると小山田は呵々大笑《かかたいしょう》して、

「待て待て、ご妻女。ご当主殿を譴責《けんせき》しに参ったわしにようこそお越しはあるまい。この場で無沙汰を詫びるのも、いやいや、それもどうかと思うぞ」

春奈は笑みを含んだ目許を慌てさせ、

「あ、はい、つい口が滑りまして。小山田様が昔から当家にお出入りめされているので、気を弛《ゆる》めてしまいました。わたくしの過ちでございます。申し訳ございませぬ」

小山田と亡き菊次郎の父親とは旧《ふる》き仲で、碁敵《ごがたき》でもあったのだ。

春奈は一献だけ三人に酌《しゃく》をし、菊次郎と内蔵助にチラッと含んだ視線を送り、退出して行った。

男三人は無言で盃を交わす。

「よいか、ご老中よりの伝言を申し渡すぞ」

小山田が襟を正して言い、菊次郎と内蔵助は畏《かしこ》まる。

「ご老中はこのまま後藤の探索を続行せよとの仰せじゃ」

「御意《ぎょい》」

菊次郎と内蔵助が声を揃えて答える。

「しかるに菊次郎、たとえ表向きとは申せ、蟄居閉門《ちつきょへいもん》ほど重くはないとしても、謹慎の沙汰が下ったる上は人目を気にせねばならぬ。昼は鳴りをひそめ、夜にでも動いたらどうかな」

「はっ、そのつもりでございました」

「こ奴めが謹慎の間は、それがしが代りを相務める所存にて」

内蔵助が一礼して言う。

小山田はうなずいて、

「両名ともよっく連携し、敵を打ち倒してくれい。それがご老中のご意思でもあらせられる。よいな」

二人が平伏した。

お使番の数は古くは二十八人が定員であったが、年を経るにつれて増員がなされ、文化年度の今では七十人とも八十人ともいわれている。

そのなかから、何ゆえ小山田兵左衛門が烏丸菊次郎への使者に選ばれたのか、そこには政 事《まつりごと》の裏があったのである。

つまりは筆頭老中松平伊豆守信明こそが、この地獄耳の陰の宰 領《さいりょう》を務めているからなのだ。実際面での仕組み作りは菊次郎と内蔵助の手によるものだが、資金面その他を含め、陰にて支援し、支えているのが幕閣の最高権力者松平信明なのである。

治安を守り、世の平安を維持するのが松平信明の責務ゆえ、地獄耳は必然として生まれたものだ。地獄耳と称していても、単に人心を知り、巷間《こうかん》の情報収集が狙いだけでなく、許せぬ人でなしを完膚《かんぷ》なきまでに再起不能にし、究極は黄泉《よみ》の国へ送り込むのだ。それを定めたのが松平信明であり、菊次郎も内蔵助もそこに賛同して志《こころざし》をひとつにした。

また双方を陰にて結ぶ小山田のような伝達役は必要であり、小山田は松平信明の腹心なのだ。

小山田が役目を終えて帰って行き、菊次郎と内蔵助は真顔を向け合った。するると春奈が静かに入って来て、邪魔にならないように二人の間に同席した。

「乾千景のことが今ひとつわからんのだが、調べはついたか」

菊次郎が言うと、内蔵助はうなずき、

「千景は元は下級御家人の娘で、家が零落《れいらく》したる後に十一代当主後藤庄三郎光包《みつかね》の妾《めかけ》になった。ところが正妻の死去に伴って位が上がり、千景は正妻と相なった」

「棚ボタというわけか」

「女の出世が始まったのだ」

「ふむ」

「やがて十一代が不正を働いて島流しになるや、親族から三右衛門を立てて後藤家の安堵《あんど》を計り、千景は総取締役に就いた。千景と三右衛門の関係は当主とその義理の母ということになるのだろうが、そんな生易しいものではなさそうだ。今では千景は飛ぶ鳥を落とすほどの勢いで金座を牛耳《ぎゅうじ》っているそうな。小判の改鋳も思いのままという。つまりはこの国の金の流通を一手に握っているのだよ。凄い女ではないか。敵ながら天晴《あっぱ》れと言いたい」

「褒めてどうする。勘定奉行の神尾能登守も千景の仲間か」

「力関係はどっちがどっちか、それは今のところわからん。しかし親密であることは確かだ。御金改役と勘定奉行が親密なのは当然なのだが」

そこで春奈が控えめに口を差し挟み、

「では後藤三右衛門という御方《おかた》はまったくの傀儡《かいらい》というわけなのですね、兄上」

内蔵助がうなずき、

「それゆえ好き勝手をやらせてきた。しかしこたびのような事件を引き起こすと千景の立場も危うくなる。今は必死で火消しに走っていると思うぞ」

「その一環がおれの追い落としか」

「千景がご老中に直訴《じきそ》した。それが逆に墓穴《ぼけつ》を掘ることになった。わしらの報告がなくとも、ご老中は疑いを抱いたはずだ。まっ、当然であろう。そこで疑惑を持たねばわしらの方でご老中を見放すわ」

「むろんだ。そんな暗愚《あんぐ》なご老中だったらおれたちはついて行かん。しかしこうして謹慎となると些《いささ》か不自由だな。閉じ籠められるのは性に合わんぞ」

　春奈がまた口を入れて、

「お暇ができたからと申して、わたくしと物見遊山《ものみゆさん》に参るわけにも。殿様、困りましたわねえ」

「おまえの顔をずっと見ていなくてはいかんな」

「お嫌でござりまするか」

「なんのなんの。おまえの顔のあら探しが楽しみだ」

「まっ、そんな……困りまする。どこにあらがござりまするの」

「あらなどあるわけがないではないか、戯《たわむ》れだよ。おまえは美しい」

「よかった、殿様は時々意地悪なことを」

「ハハハ、すまんすまん。おまえを見ているとつい意地悪をしたくなるのだよ」

でれでれする二人を見かね、内蔵助が厳粛な顔を作って咳払いをし、

「菊次郎よ、暫《しば》しの辛抱だ。当面はわしが働くゆえにの」

「できるのか、おまえに」

「ふざけるな、このわしを誰だと思っているのだ。建部内蔵助様だぞ」

「言ってろよ、そうやって。差し当たって何をやるか聞かせろ」

「どうしたらいいんだ」

菊次郎がコケて、

「これだよ、ッたくもう。三右衛門の爺いは屁《へ》でもない。千景の周辺を徹底して探ったらどうだ」

「ボロを出すかな」

「あの女はきっと無理をしている。どこかに穴ボコがあるだろう。蟻《あり》の一穴《いっけつ》を狙うのだ」

「しかし惜しいな、渋皮の剝《む》けたあの女」

内蔵助がにんまりとなって言った。

「なんだあ？」

「いい女ではないか」

「見たのか」

「見に行った、陰ながら。震えがくるほど美しかった。もうたまらん。わしはああいう冷やかな女が好きなのだ。しかもしなやかな躰つきはふるいつきたくなるのう」

内蔵助は女体を両手で描く。

「ンまあ、兄上ったら、はしたない。およしなされませ」

春奈は兄の顔を睨んでおき、

「千景という人、殿様はどう思われましたか」

「ふン、おれの好みではないな」

「ところで殺された娘の妹とやらはどうなった」

内蔵助が不意に話題を変えた。

「伏見屋で匿《かくま》っている。とんだ跳ねっ返りだから目が離せんよ。しかし仇討だけは思い留まらせねばならん。今のところおれの言うことだけは聞くのだが」

菊次郎は不安をよぎらせる。

「おまえも大変だな」

「人ごとみたいに言うな。おまえもはるを懐柔《かいじゅう》するのだ。あ、いや、夕紅と呼んでくれと言っていた。おれははるの方がいいと思うのだが」

「小娘の取り扱いはわしには難しいぞ」

「いいから行け。おれの代りに働いてこい」

二

伏見屋の土蔵のなかに、夕紅は匿われていた。

いつも密談に使う中二階に夜具を敷き、女に必要な鏡台や化粧道具など、生活に不便がないだけの待遇は受けている。土蔵一階の奥には雪隠《せっちん》もあるのだ。

だが夕紅は不満なのである。囚《とら》われ人《びと》のようで息苦しさを覚えてならない。

その様子を見に来た内蔵助に、ここを出してくれとぶつけた後で、

「料理はまずまずね、飛脚に化けた人たちもとても親切で言うことないわ。夜もよく眠れるし」

「だったら文句を言うな。おれが入って来るなりここから出してくれとはなんだ。匿われていることを有難いと思え。おまえの命は狙われているかも知れんのだぞ」

「そんなのへっちゃらよ」

「腕に覚えがあるらしいな。しかし生兵法《なまびょうほう》は大怪我の元と言う。おのれを過信する

でない」

「ああっ、嫌だなあ、こういうおじさん」

「な、何い、おじさん？」

内蔵助が面食らう。

「菊さんより少し年が上よね、そのぶんおじさんになっちまってる。その説教癖が何よりだわ」

「菊次郎はいいのか」

「変な人だけどあの人はいい。おなじ説教でもあたしに夢を見させてくれるの。不思議な人よね。奥さんがいるのが残念だけど」

「惚れたのか」

「アハハ、そんなんじゃないわよ。おじさんてすぐそういう言い方するから嫌だわ。だから小娘と通じ合わないのよ」

「くわっ、なんという娘なのだ。おまえと通じ合おうなど思っておらぬわ。しかし姉の仇討を考えるところはおれは気に入っているぞ。なかなかそうはゆかんものだ」

「尋常な娘じゃないのよ、あたしは。自分でもそう思うもの」

「そうらしいな。菊次郎も手を焼いていた。世間様に向かってはもっと素直になったらどうだ。さすれば世の中が明るく拓《ひら》けようぞ」

「そうかな」

「そうなのだ」

「ねっ、調べはどこまで進んでいるの。菊さんの謹慎はいつ解けるのよ」

「当分は無理だ。だからわしがやむを得ず代行することになった。事情を踏まえ、おまえも力を貸せ」

「ここに閉じ籠められている間は駄目ね。だから出してよ。好きにやらせてよ」

子供の駄々のようにして夕紅は言う。

内蔵助はそれを抑えて、

「事態が変わっての、わしらの敵はクソ爺いの三右衛門だけではないことがわかった。そう軽々と手を出せない相手が控えている。詳しくは言えんが、事は慎重に運ばなければならん」

「何言ってるの、あたしの敵はあくまでクソ爺いとあの巳之介よ。その二人が姉さんを眠らせたに決まっている。ほかに誰がいようが知ったこっちゃないわ」

「一直線なのだな、おまえは」

「悪い？」

「可愛い奴だ」

内蔵助が溜息をつく。

夕紅はにっこりする。

「少し歩み寄ったわね、あたしたち」

「そう思うか」

「おじさんに違いはないけど、ちょっと見えてきた気がする。結構本音で話す人なのね、内蔵助さんて。そこのところはいいわ」

内蔵助は痛し痒《かゆ》しの苦笑で、

「おまえに褒められてもなあ」

「嬉しくないって？」

「いや、嬉しいよ。うまくやっていけそうな気になってきた。まっ、いいだろう、もう少しここで我慢しろ」

「…………」

「どうした、まだ不服か」

「うん、わかった。辛抱する」

「いい子だ」

内蔵助が夕紅の頭を撫で、出て行った。

土蔵の鍵を掛ける音がする。

夕紅はプッとふてくされる。

(畜生、鍵なんか掛けやがって。幽閉《ゆうへい》っていうのよね、こういうの)

反抗的な目になって一点を凝視《ぎょうし》した。


内蔵助が土蔵を出て母屋へ行くと、広い座敷にお蔦、鈴之助、麦助、千代吉、お京の全員が揃っていた。

「ど、どうにもそのう、菊次郎と勝手が違ってすまんの」

上座に着くなり、内蔵助がややぎこちない口調で言った。

皆の間に微かな笑いが広がる。男たちは奥祐筆衆の出向だし、女たちも内蔵助のことはよく知っていた。

「まあ、そうお固くならないで下さいまし、建部様」

お蔦はやわらかに言ったその後で、スッと表情を引き締め、

「まずお知らせせねばならぬことが」

「うむ」

内蔵助が身を乗り出す。

「三右衛門の手下をやっていた巳之介、死骸で揚がりましたよ」

内蔵助に驚きはなく、

「口封じだな」

「はい、乾千景の差し金かと。都合の悪いことはすべて消し去ろうとしているのですね」

お蔦が言い、千代吉がその後を継《つ》いで、

「両国橋の下の大川端に、巳之介の死骸は無残な姿で投げ捨てられてありました。やられたのは昨夜のようです」

御金改役の探索に市中を駆けずり廻っているなかで、千代吉は「両国橋の下に死骸が」と言う町の声を聞き、現場に急行した。そこで野次馬の間から、役人たちの目を気にしながら巳之介の刺し殺された死骸を見たのだ。

さらに千代吉が、

「心の臓をひと突きでしたよ。剃髪にされて殺されたうめと手口がおなじなのです。今まで巳之介がうめを殺したと思っておりましたが、恐らく下手人《げしゅにん》は別の奴ではないかと」

「しかし三右衛門がやったとは思えんぞ」

「千景には七人の用心棒がいます。そのなかの一人ということは」

これは麦助だ。

すると内蔵助がその意見を否定し、

「いや、違うな。浪人なら一刀両断にするであろう。刺し殺す手口は女ではないのか。懐剣《かいけん》でひと突きだ」

お京がハッとなって内蔵助を見た。

「では千景がやったということも」

「ならば合点がゆくであろう。今や千景はうぬが身を守りたいがため、必死なのだ。嫌なことは早急に幕引きを図りたいはずだ」

内蔵助の言葉に、一同が腑に落ちる。

「なんですか、事件が入り組んで参りましたな、建部様」

鈴之助の言葉に、内蔵助がうなずく。

お蔦が話題を変えて、

「建部様、菊さんの謹慎はいつまでなのですか」

内蔵助はそれに答える。

「表向きは期限なしの謹慎ということになっている。したが案ずるには及ばぬ。これはすべて見せかけ、まやかしなのだ。奴を少しだけ休ませてやると思えばよろしい。ご老中もそう申されていた」

一同を見廻し、

「ともかくこっちは千景の悪行を暴くことに専念する。ゆめゆめ油断するでないぞ」

棟梁《とうりよう》らしく下命《かめい》した。

三

千景は朝から後藤家官宅を出て、金局で並役らと、幕府に上納する金座冥加金《みようがきん》の話し合いをし、次に吹所を見て廻り、そこで吹所棟梁たちから新品の小判を見せられた。その数、数千両である。小判鋳造に用いる金はその昔は甲州金《こうしゆうきん》に頼っていたが、今は佐渡《さど》金山のものが多くを占めている。甲州金の採掘量が減ったからである。吹所では金職人が大勢働いていて、雑然としている。荒々しくがなり合うような声も聞こえる。女の姿はなく、男ばかりの職場なのだ。

そうしている間にも、銀座の年寄役らが訪ねて来て、金貨、銀貨の鋳造量の打ち合わせを行った。金座は小判、銀座は丁銀、豆板銀を鋳造しているのだ。それは官宅の座敷でやり、彼らが帰ると昼になったので、千景は賄《まかな》いに昼餉《ひるげ》を断って本町一丁目の表へ出た。今日も艶《あで》やかな小袖姿だ。

町内の人間は誰もが千景の顔を見知っていて、恐縮の体《てい》で頭を下げ、行き違って行く。千景は挨拶を受け流すだけだ。権高な姿勢は変わらない。

日本橋の一等地という場所柄、町は一流の大店が櫛比《しっぴ》していて、そのなかで藪庵《やぶあん》という千景の贔屓《ひいき》にしている蕎麦屋《そばや》があった。そぞろ歩いて行く千景の後ろから、七人の用心棒のうちの二人が、後方を護《まも》るようにしてついて来る。いずれもきちんとした身拵《みごしら》えで、浪人らしいむさ苦しさはない。尾羽打《おはう》ち枯《か》らした浪人体が千景は嫌いで、容姿、身だしなみを整えさせたのだ。

藪庵が見えるところまで来て、千景の顔色が変わった。

前方にうす汚い御家人風がうろついていたのだ。知っている男だった。顔も見たくない相手だった。男の名は小杉又四郎《こすぎまたしろう》といい、破談になった昔の許嫁《いいなずけ》なのである。

千景は用心棒たちに何事か囁き、彼らから離れ、逃げも隠れもせずに小杉の方へ寄って行った。

「又四郎様、お久しぶりでございます。どうしてここに」

小杉は驚きの表情になり、整った顔立ちを破顔させて、

「ああっ、これは千景殿。いやあ、奇遇ではないか。たまたま所用あって通り掛かったのだ。そういえばあなたのいる金座はこの近くだったな」

見え透いた小杉の嘘だった。本所割下水《ほんじょわりげすい》に住む無役の貧乏御家人が、日本橋などに用のあるはずはないのだ。

かつては千景の屋敷もおなじ割下水で、家族は母親を早くに亡くし、父親と二人暮らしだった。父親も無役で捨て扶持だけを与えられ、食うや食わずのなかで千景は育った。武芸の心得のあるところから、近隣の御家人の娘たちに剣や薙刀《なぎなた》の稽古をつけてやり、活計《たつき》の足しにしていた。だがそんなものでは満足な糧《かて》は得られない。父親は何もしない男だったから、千景は恥を忍んで本郷の方にある麹屋《こうじや》（味噌屋）へ働きに行っていた。共に働く町人の娘たちは教養も何もないから、男の噂話ばかりに血道を上げ、武門の身としては屈辱の日々だった。

そんな千景の許に縁談が舞い込んだ。

小杉又四郎が千景を見初《みそ》めたのである。小杉の家も無役だったが、その頃普請奉行配下の普請方に空きができて、小杉に内示があった。二十俵取りの小役人ではあるが、宛行《あてがい》扶持を加えればそこそこの暮らしは叶《かな》う。小杉は勢いづき、結婚する気にもなっ

たのだ。

まだ縁組の形が整わぬうちから小杉は千景の躰を求め、将来の夢を熱く語りながら女体を貪《むさぼ》った。初めての男だった。だがお役が本決まりになるや、小杉はますます図に乗って千景を捨てた。許嫁の身から一挙に破談となり、千景は元の木阿弥《もくあみ》に戻された。破談の言い分は身勝手なこじつけで、父親と反りが合わないとか、千景の誇りが高過ぎて気性が気に入らないなどと、一方的な理由で破談にされた。千景は何も言わず、だが怨念だけは溜めて引き下がった。

小杉が普請方のお役に就いた頃、千景の父親が病いを得て死去した。千景は屋敷を出て野《や》に下った。小杉からはなんの音沙汰もなかった。とむらいにも来なかった。

本所を出て本郷に居宅を求め、また麴屋の世話になった。そこへ御金改役の者がやって来て、千景に妾の話を持ってきた。十一代後藤庄三郎光包が千景の美貌に目をつけたのである。千景は虚無な気持ちになって生きていたから、なんの抵抗もなくその話に乗った。

光包は見下げたくなるような下種《げす》な性分の男だったが、千景にはやさしく、思うがままの贅沢《ぜいたく》をさせてくれた。その辺から千景にも変化が生じ、権高な女になっていった。水を得た魚なのか、元々がそういう女だったのかも知れない。

そのうち光包の妻は病いを発症し、呆気《あっけ》なくこの世を去った。千景が正妻となったのも束《つか》の間《ま》、光包の不正が発覚し、三宅島《みやけじま》へ流罪の身となった。以前から御金改役の仕事に首を突っ込み、才覚を表していた千景は、周りの者たちに推《お》され、常式方の仕事を継ぐことになり、辣腕《らつわん》をふるった。

銀座年寄役のなかから三右衛門を立て、御金改役の座に据えたのは千景である。周りの誰もが傀儡であることを承知していた。

そうして千景は、金座のなかで権勢並びなき存在になった。

風の噂に小杉又四郎がお役御免にされたことを聞いた。同役と諍《いさか》いを起こし、咎《とが》めを受けたのだ。もはや千景には縁もゆかりもない男だった。暫《しばら》くは小杉のことを忘れ、千景は金座の仕事に没頭していた。

そうなってから一年ほどして、小杉と道でばったり会った。旧交を暖めるうち金の無心をされた。再び無役に堕《お》とされ、暮らしが立ち行かないという。妻を娶《めと》ったが生活は苦しく、その窮状を察して貰いたいと、小杉は虫のよさも忘れたかのようにして千景に寸借《すんしゃく》を頼んできた。その時はまだ小杉に対して多少のなつかしい気持ちがあったから、三両ほどの金を与えたものだった。今思えば、道でばったり会ったのではなく、小杉が待ち伏せしていたのに違いないと思われた。

それが今またこうして目の前に現れると、千景には嫌悪感しかなかった。それどころか憎しみさえ覚えた。

「千景殿、一年前に三両もお借りしてそのままなのに、こんなお願いをしてとても心苦しい。したがあなたにしか頼めんのだ。今再び用立てて貰えぬかな。実は妻が病気でにっちもさっちもゆかないのでござるよ。薬代が必要なのだ」

「結構ですとも。わたくしと一緒に来て下さいまし」

「そ、そうか、助かった、恩に着る」

身をひるがえす千景の後を、小杉は身を躍らせんばかりにしてついて来る。

路地を抜けて空地へ出ると、そこに用心棒の浪人二人が待ち構えていた。

千景が目でうながし、浪人たちは小杉に殺気をみなぎらせて迫って来た。

小杉は事態が呑み込めず、それでも怖れを感じて後ずさり、

「千景殿、これはどういうことでござるか」

「あなたとはもはやはっきり縁を切りたいのです。二度と負け犬のそのお顔を拝みたくないと申しているのです」

「うぬっ」

怒りを滲ませるも小杉に腕力はなく、青い顔で逃げかかった。

それに浪人たちが襲いかかり、引き戻して殴る、蹴るの暴行を働いた。

千景は能面のような顔で冷酷に見守っているだけだ。小杉が泣き声を上げ、許しを乞うてもその心には何も響かず、やがて千景は見切りをつけて立ち去った。

浪人たちの打擲《ちょうちゃく》はまだつづいていた。

四

午後は官宅に戻り、千景は居室で帳合《ちょうあい》をしていた。

そこへふらっと三右衛門が入って来た。自堕落な風体で、寝巻姿である。千景の命《めい》で不必要な遊びや外出を禁じられているから、三右衛門はずっとこんなていたらくなのだ。遊びを禁じられてからより老け込み、時に惚けたような表情を見せることも多くなった。

「これ、千景殿よ」

三右衛門が千景の横に座って言った。

「はい、なんでございましょう」

千景は筆を置き、三右衛門の方を向いた。

三右衛門はよだれを垂らしていて、それを拭おうともせず、

「そこ元は考え過ぎではないのか。何事も起こらんぞ。天下は泰平でわしは暇を持て余している。もうよいであろう」

湯島妻恋町の別宅へ行き、またよからぬことをしたいのだ。娘を坊主にして愉悦に浸りたいのだ。

千景が眉目《びもく》を険しくして言い放つ。

「いいえ、用心に越したことはないのです。ご自重なされて、おまえ様もほかに楽しみを見つけて下さりませ」

「ほかのことはみなつまらんわ」

「お年をお考えになられた方が」

「若い娘を取り込みたい。おもちゃにしたいのだ」

「それは禁じたはずでございますよ」

「金座後藤の当主は誰だ」

「おまえ様でございます」

「では何をしても構わんだろう」

「手下《てか》に使っていた男は死にました」

千景の表情がすうっと変化した。朧《ろう》たけた白狐が残忍な目になる。

「死んだのか、巳之介は」

三右衛門が衝撃に打ちのめされた。

千景がうなずき、

「わたくしが死なせたのです」

「えっ、千景殿が？　どうしてそんなことをしたんだ」

「後藤家のお為《ため》にならないからです。あのような輩《やから》がうろついていては当家の栄えに翳《かげ》を及ぼしましょう。所詮は無頼《ぶらい》なのです」

「一服盛ったのか」

「いいえ、わたくしがこの手で仕留め、引導を渡しました」

「そ、そんなはずは……巳之介は侍崩れなんだぞ。手裏剣の名手でもある。それが易々とおなごの手に掛かるものか」

「わたくしの方が腕が勝っていたのでございますよ。両国橋の下に呼び出し、不意を衝いて」

胸元の懐剣をそっと目で指し示した。

「なっ、な……」

三右衛門は愕然《がくぜん》となって腰で後ずさる。

「なんと怖ろしい女なのだ、おまえは」

「それがわかったのならおとなしくなされませ。勝手に出歩くようでしたら、座敷牢を設《しつら》えてもよいのです」

「…………」

「わかったのですか」

千景に間近で睨まれ、三右衛門はうなだれて言葉を失う。だがある思案が浮かび、カッと目を上げて、

「おい、本所のうめという娘が死んだと聞かされたぞ。その妹がわしを仇と思っているらしい。そ、それももしやおまえの仕業《しわざ》ではないのか」

「…………」

「どうなんだ、千景。返答せい」

三右衛門が震える手で、千景の胸ぐらを取って揺すった。

千景は無表情で、されるがままになっている。

その姿を見ていて、三右衛門はむらむらと欲情してきて、千景の膝を割って手を差し入れようとした。だが両膝は固く閉じられている。そこで懐柔するように三右衛門

は千景の腿《もも》を撫で廻し、

「なあ、昔に戻ろうではないか、千景。最初におまえはわしに取り入るために躰を開いた。あの頃に戻って、のう、いいだろう」

言いながら、三右衛門は手に力を籠め、強引に千景の腿を割ろうとする。

ガチャッ。

三右衛門の額《ひたい》が、いきなり算盤《そろばん》の表面で割られた。「があっ」と呻き、痛がって逃げかかるのへ、千景がさらに算盤で容赦《ようしゃ》なく頭や肩を叩いた。的は外れることなく、打たれた所から出血する。「誰か、誰か」と叫びながら三右衛門は転げ出て行った。

千景は何事もなかった顔で帳合に戻った。その取り澄ました表情には、なんの揺れもなかった。

（あの年寄がいなくても成り立つな、今の金座なら……）

そう考え、千景は静かな殺意の目を上げた。

五

当主も家人も息をひそめて暮らしているのか、烏丸家は門を固く閉ざして静まり返っていた。如何にも謹慎処分を受けた家らしい佇《たたず》まいである。

そんななか、お蔦と鈴之助が烏丸家へ隠密裡《おんみつり》の訪問をした。表立っての出入りは憚《はばか》られる状況なので、二人はこっそり裏門から入ったものだ。身装はいつもの伏見屋の仕着せ姿だ。

そうして菊次郎と二人は、一室で向き合った。

「逃げた？　夕紅が」

菊次郎が驚きの目を剝いた。

お蔦は苦々しくうなずき、

「お京が油断して土蔵の扉をちょっと開けていましたら、その隙を狙って……皆で探しに出たのですが、影も形も。申し訳ございません」

「うむむ、参ったなあ。あいつは何を仕出かすかわからん娘なんだぞ」

鈴之助が継いで、

「われら金座から目を離さぬようにしておりますから、夕紅が現れたらすぐに捕まえるつもりでおります」

「巳之介の死は知らせたのか」

「ええ、それであの子、いても立ってもいられなくなったみたいで。たぶん三右衛門だけは自分の手でと思っているのかも知れません」

お蔦が伝える。

「そんなことをさせたらあいつの浮かぶ瀬はない。おれははるを罪人にしたくないのだ」

黙り込む二人を、菊次郎は交互に見て、

「ほかに何かあるのか」

鈴之助が口を開き、

「乾千景はむごい女です。訪ねて来た昔の許嫁を用心棒に乱暴させたのです。後で事情その他を調べたら、本所割下水に住む小杉又四郎という無役の男でした。何があったか定かではないのですが……」

「その男の口から、昔の千景のことが知れると思いますが」

お蔦が提案する。

だが菊次郎は首を横にふって、

「その必要はあるまい。今の千景がすべてを物語っている。昔は誰にでもあろうぞ」

鈴之助がお蔦と見交わし、

「では引き続き探索を」

そう言って二人が立ちかけると、春奈が三人分の茶を盆に載せて入って来た。帰りかけた二人は恐縮して座り直す。

春奈がそこへ加わると、殺伐《さつばつ》とした雰囲気が一変し、室内は春の野辺のようになるから不思議である。菜の花が咲き、蝶《ちょう》でも飛んできそうだ。

「蔦殿も鈴之助殿も、大変ご苦労に存知まする」

春奈は菊次郎から聞かされている仮名《かりな》で二人を呼ぶ。また身分の低い者たちに対しても、分け隔てをしないのが春奈なのである。

春奈に頭を下げ、二人は折角なので熱い茶を啜《すす》る。

すると春奈がなんの脈絡もなく、

「殿様は昨夜、なぜかうなされておりましたのよ」

菊次郎は面食らって、

「はて、悪い夢でも見たのかな。そんな憶えはないんだが。春奈、なぜであろうか」

「さあ、わたくしに聞かれましても。夢はおのおの方お一人のものですから」

「うむ……」

菊次郎は唸って考え込み、

「うん、これは言えるな」

ポンと膝を叩いた。

「わかりましたの？」

すかさず春奈が聞く。

「今の陰のお役をやるようになってから、時にそういうことがある。奥祐筆や和学御用だけならそんなことはないが、人の生き死にに関わりだして、眠っていて胸苦しさを覚えることが……人の思いや事情にこっちも引きずられるからであろう。やはりよくない夢を見るようになるのだよ」

「わたくしの夢でも見ていれば、そんなことはございますまいのに」

あっけらかんと春奈は言う。

「はて、おまえのどんな夢を見るのだ」

若夫婦のやりとりを、お蔦と鈴之助は楽しんで聞いている。

「たとえば殿様と二人で、春の江ノ島《えのしま》へ遊山に参った時のこととか。きれいな貝殻がいっぱいあって、沢山《たくさん》持って帰ったではありませぬか。あの時の打ち寄せる波のきれいなことと申しましたら、まだ瞼《まぶた》に焼きついておりますのよ。また行きとうございます、殿様」

「あ、ああ、この一件のカタがついたらな」

「どうかお忘れなく」

春奈はお蔦と鈴之助にも笑顔を向け、

「ねっ、ねっ、お二人も共に参りませぬか」

お蔦と鈴之助は戸惑いで見交わし、

「ええ、そのうちお供を」

お蔦が言うと、鈴之助は反対で、

「女将さん、若いお二人を邪魔しちゃいけませんよ。あたしらが行ったら野暮《やぼ》ってもんです」

「そ、それもそうね。それならあたしたちはお見送りまでということに」

お蔦は春奈へ愛想笑いで、

「じゃ奥方様、謹慎の菊次郎様をよろしくお願い致します」

「そのつもりでいましたが、そろそろ退屈の虫が疼《うず》いているようなのです。ねっ、殿様」

「…………」

菊次郎は何も言わず、仏頂面《ぶっちょうづら》になってプイと横を向いた。

その菊次郎は月代《さかやき》を伸ばし、不精髭《ぶしょうひげ》を生やした姿なのだ。謹慎の身ゆえに誰も不審を抱かぬものの、実はそれにはひそかな意図があったのである。

六

江戸城芙蓉《ふよう》の間へ、内蔵助は勘定奉行神尾能登守に呼ばれて参上した。

芙蓉の間はお杉戸で、襖絵には芙蓉、椿《つばき》、牡丹《ぼたん》の花々に、小鳥が極彩色に描かれている。

ここはふだん、勘定奉行を始め、奏者番《そうじゃばん》、大目付、郡《こおり》奉行、町奉行、作事奉行らの詰席として使っているが、その日は余人の姿は見えず、神尾が一人で内蔵助を迎えた。

大火鉢の火が赤々と燃えるなか、二十帖ほどの広間に二人は対座する。

「して神尾殿、御用の向きは如何なることにござりましょうや」

内蔵助が性急に尋ねた。

神尾は余裕のある笑みを湛《たた》えながら、すぐには本題に入らず、

「ご貴殿の相役《あいやく》烏丸殿はどうしておられるかな。ご老中松平様のご不興を買われ、謹慎の御沙汰が下されたと仄聞《そくぶん》致したが」

（そうしたのは乾千景とぐるになった貴様のなせる業《わざ》であろうが。こ奴め、惚《とぼ》けおっ

て）

内蔵助は腹の内で毒づきながら、

「烏丸殿は無聊《ぶりょう》をかこつ日々に腐りきっておるようで。処分が解けたら慰めてやろうかと思うております」

神尾はうすく笑って、

「果たして無事に処分が解けるかどうか」

「なんと仰せに？」

「御金改役の別宅に押し入っての狼藉、許される道理がござるまい」

（おのれ、よくもぬけぬけと。今に吠《ほ》え面《づら》かくなよ）

内蔵助はムカっ腹を立てながらも平静を装い、

「して、神尾殿、御用向きの方は」

神尾がうなずき、

「こたび、新しく小判を吹立《ふきた》てることに相なり、そのこと奥祐筆殿にもお知らせしておかねばと。幕閣お歴々にはすでに根廻しをしてござる」

「総金高はいかほどでござりましょうや」

「二百万両にござる」

神尾が即答した。

内蔵助は暫し絶句する。

「如何めされたかな」

「小判一両の黄金の量をお尋ねしたい」

内蔵助は追及する。

「それは明かせぬ」

神尾が拒否した。

「何ゆえ」

「慣例ではござらぬか。むやみに明かせられることではなきがゆえ、ご容赦願いたい」

「…………」

江戸時代を通じて、十度を越す貨幣の改鋳が行われた。幕府の財政は直轄地の天領から入る膨大《ぼうだい》な年貢米と、貨幣鋳造権とで維持されているが、年々、鉱山の産金額の減少や経費の膨脹《ぼうちょう》、交易による金銀の海外への夥《おびただ》しい流失などが幕府財政を圧迫し、それがために改鋳を繰り返すことになった。だが改鋳するごとに小判の品位も量《りょう》目《め》も下がり、質を悪くした分で金貨を増鋳する、という悪循環なのだ。まさに悪貨《あっか》が良貨《りょうか》を駆逐《くちく》するのである。

こういうことは勘定奉行の胸ひとつで、御金改役と秘密を共有し、外に漏らす必要はないとされていた。小判一枚の金の含有量などは余人が知ることはないのだ。その辺りに、莫大な収益のある御金改役と勘定奉行との間に、誰にもわからない闇があり、伏魔殿的な臭いを感じさせるのである。

金座後藤の収益は、年額二千数百両にのぼるお役料と四百俵の扶持、それに加えて貨幣鋳造のたびに、出来高千両につき金十両を鋳造手数料として賜ることになっている。

内蔵助は張り詰めた顔で膝行《しっこう》し、

「しかし神尾殿、小判の質を落とさば畢竟《ひっきょう》物の値が高騰《こうとう》し、下々《しもじも》に皺寄せが参るは必定」

「待ちゃれ、建部殿。誰が小判の質を落とすと申したか。純度は明かせぬが、悪貨を作るつもりは毛頭ござらぬぞ」

「し、しかしこの建部、為政《いせい》の一人として知っておきたいのでござる。ここでお教え頂くわけには参りませぬかな」

「知ってどうなされるご所存か」

「さすれば打つ手を模索《もさく》致そうかと。知っていて損はござらぬゆえ。下々の暮らし向きは守ってやらねばなりますまい」

神尾が口を噤《つぐ》んだ。

内蔵助は睨み据える。

双方に目に見えぬ火花が散った。

「建部殿」

冷静に立ち戻り、神尾が言う。

「はっ」

「公儀の台所も苦しいのでござるよ。それゆえに新たに小判を吹替えるのだ。幕府の金庫を預かる者として、時に悪循環にも目を瞑《つむ》らねばならぬ場合も。それが治世と申すものでござろう。お察し下されよ」

「…………」

「ところで建部殿、例の鎌輪ぬの件はどうなりましたかな」

不意に神尾の話題が飛んだ。

「は、はっ、それは……それはもうよろしいのでござる。お忘れ下され」

内蔵助はしどろもどろになる。

「あれを誰にやったか、それがしは明かさなかったが、よいと申されるからには突きとめたのですかな」

「はあ、まあ」

だから三右衛門の所に押しかけたのだ。何もかも知っていながらこの古狸《ふるだぬき》めがと、内蔵助の腹のなかは煮えくり返る。

「話はこれまでじゃ。お呼び立てして相すまぬ」

神尾に言われ、内蔵助は一礼して芙蓉の間を出た。

「うぬっ……」

長廊下を行きながら、内蔵助の口から怒りを含んだ呻き声が漏れた。

あの場で鎌輪ぬの件を持ち出されるとは、思いもよらなかった。鎌輪ぬは神尾が三右衛門に下げ渡したことが判明しているから、その後の調べがどこまで進んでいるか、神尾は知りたくて探りを入れてきたものと思われた。

（ふン、誰が明かすものか）

それにしても二百万両の小判の鋳造は、内蔵助に新たな驚きをもたらした。鋳造するにあたって、神尾は公儀の台所が苦しいことを理由にしているが、うさん臭い思いがしてならない。陰にひそむ者たちの思惑が蠢《うごめ》いている感がするのだ。

（わし一人では、どうにも手に余るぞ）
内蔵助は切歯扼腕《せっしゃくわん》の体《てい》になった。

七

金座は午後の七つ（四時）に閉門し、門前に高張提灯《たかはりぢょうちん》が灯され、ものものしく不寝番が立つ。毎日のことだが、扱っているものがものだけに厳戒態勢が布《し》かれるのだ。不寝番は勘定方の役人たちである。

夕闇迫る頃、夕紅がひょっこり姿を現し、金座の前を一旦通り過ぎた。それがまた戻って来て、さり気なく様子を窺《うかが》った。そのうち不寝番に咎める目を向けられ、夕紅はやむなくその場を離れた。蟻の一穴を探しているのだ。

（畜生、忍び込む余地はないものかしら）

金座のなかへ忍び込み、三右衛門を見つけて、どうしても姉の仇を討ちたいのである。

やがて裏門に姿を現し、さらに様子を探ってうろつき廻った。そこへぬっと黒い影が近づいて来た。小杉又四郎である。よれよれの衣服に、手拭いで頰被《ほおかむ》りをしている。

小杉に気づいた夕紅が、警戒の目になって飛び退《の》いた。

「誰、あんた」

「こんな所で何をしている」

「別に何も。ただの通り掛かりよ」

「そうは見えんな」

「放っといてよ」

逃げかかる夕紅の袂《たもと》を、小杉がつかんだ。

「見ていたのだ。おまえは日の暮れからずっと金座の周りをうろついていた。怪しい奴だな。何をもくろんでいる。押し入って小判でも盗もうとしているのか」

「そんなこと考えてないわ。離してよ、その手を。あんたには関係ないでしょ」

「見過ごしにはできん」

捕えようとする小杉に、夕紅がガンと頭突きを食らわせた。「あっ」と叫び、小杉がよろける。

急いで逃げかかり、夕紅がふり返ると、小杉は倒れて鼻血を噴いていた。

近くのおでん燗酒《かんざけ》売《う》りの屋台で、夕紅と小杉は気まずく明樽《あきだる》に掛けていた。

明樽の位置は屋台から離れていて、材木を背にした二人の会話は屋台の親父には届かない。倒れた小杉を見るに見かね、夕紅が助け起こして連れて来たものだ。というのも、小杉がそんなに悪い人間には思えなかったからだ。

夕紅はひたすらおでんを食い、小杉は燗酒を舐めている。

「何者だ、おまえは」

小杉が探りを入れてきた。

「あんたこそ何者なの」

「わたしの名は小杉又四郎、本所に住む無役の貧乏御家人で、うろんな輩《やから》ではない」

「それがなんでこんな所にいるの。あんたこそ怪しいじゃない」

「金座を仕切っている女に用があったのだ」

「女？　誰、それ」

「乾千景と言い、元武家だが金座後藤の家に入り、今ではめざましい出世を遂げた。格としては大番頭だ」

「へええ、そんな人がいるの？　だったらあんた、金座のことに詳しいみたいだけど、三右衛門て爺《じい》さんを知ってる？」

「金座の頭取とも呼べる男だ。だがこれは傀儡に過ぎん」

「難しい言葉使わないで。何よ、かいらいって」

「操《あやつ》り人形のことだ」

「じゃ爺さんは千景って女に操られてるって言うの」

「そういうことだ」

「その千景とあんたはどういう関係なのよ」

「昔の許嫁だ」

夕紅が目を開く。

「袖《そで》にされたのね」

小杉は苦い顔でうつむき、

「おまえに話せるのはそこまでだ」

「女の方にその気がないんだから、もうまとわりつくのやめたら？　追えば追うほど女は逃げるのよ」

「おまえは金座になんの用があるのだ」

「仇討よ」

夕紅は即答する。

「なに」

「三右衛門に姉さんが殺されたの。その仇を討たないことには、あたしも姉さんも浮かぶ瀬がないのよ」

小杉の心の闇に火がついた。

「おい、もっといい所へ連れてってやるぞ。うまいものを食わしてやる」

「どうしたの、急に。おでんでお腹一杯なんだけど」

「そう言うな、若いんだからいくらでも食えるだろう。さっ、行こう」

「ちょっと待ってよ、あんたお金あるの？」

「ああ、おまえに食わせる分くらいはな」

小杉が財布を取り出し、夕紅に中身を見せた。

小粒銀が数枚、パラついている。

夕紅は単純に目を輝かせて、

「あんたって思ったより金持ちなのね。貧乏御家人だって言ってたけど、何か内職でもやっているの？」

「詮索無用、金は天下の廻りものだ」

嘯《うそぶ》く小杉に、夕紅はこの時みじんの疑いも持たなかった。

夕紅のふところには女郎時代の稼ぎの残りがたっぷり残っていて潤沢《じゅんたく》なのだが、

そこは女で、人の奢《おご》りはやはり嬉しいのである。

八

金座には百人余の金職人が働いているが、彼らの支配管轄は勘定方ではなく、町奉行所になる。つまりそこいらにいる町人を雇うのだ。また職人の素性改めを行うのも町方で、無宿人は入れない。

日当が他職より高く、働く時間がきちっと定められているので、なり手は多い。だが決して長続きせず、職人の出入りははげしい。

金職人として雇われるに際し、まず貨幣鋳造法や鋳造数などを他言せぬように誓詞《せいし》血判《けっぱん》し、その上で金職人としての鑑札を貰う。それは型通りだからよいが、一日中金吹所に閉じ籠められ、火を前にして働いていると大抵の者は音《ね》を上げる。真夏などは何人もが倒れる。過酷な労働なのだ。ゆえに辞めていく者が後を絶たない。

雇われた職人たちは、毎朝作業場に入る前に、退散所と呼ばれる部屋で持参の鑑札を改められたのち、真冬でも下帯一つの姿になって、作業着に着替える。

作業場での一日の仕事が終ると、また同じ部屋に入れられ、今度は下帯も外して躰中を詳細に調べられる。

髪の毛の中まで探られ、口の中に小判を隠していないかどうか用意された柄杓《ひしゃく》の水で口を漱《すす》がされ、最後には竹製の横木を素っ裸のまま跨《また》がされて、尻の間に小判を挟んでいないかどうかまで確認されるのだ。


その日、新入りの金職人は三人だった。

麻布市兵衛町《あざぶいちべえちょう》元大工職貞吉《さだきち》、神田紺屋町《かんだこうやちょう》元植木職彦六《ひころく》、そして菊次郎である。

菊次郎はこの日のために月代を伸ばし、不精髭を生やして、両国広小路の見世物小屋で木戸番をしていたという触れ込みで潜入捜査を始めた。

裏工作は内蔵助に頼み、金座警護役の中村小八郎《なかむらこはちろう》という北町同心に事情を話して因果《いんが》を含ませ、素性などは中村にでっち上げさせ、元木戸番の菊次として乗り込んだものだ。盲縞《めくらじま》の着物に角帯を締め、町人髷に結い変えた菊次郎を三右衛門や千景が見て、気づくかどうか、そこが肝心なところで、菊次郎は気を弛められない。

誓詞血判が済むと、三人は同心中村小八郎から金座並役の手に委《ゆだ》ねられた。

その際、中村が人に聞かれぬようにして、「くれぐれもご油断めされるな」と囁いた。

菊次郎が目顔でうなずくと、中村は持ち場へ戻って行った。

並役は若い男で、三人をまずは退散所へ連れて行き、そこで裸になれと言った。横柄な口ぶりは金座人に共通していた。三人は言われた通りに着物を脱いで、下帯ひとつになった。並役はつぶさに一人ずつ裸体を眺めて行く。

貞吉と彦六は中肉中背の尋常だが、菊次郎は格別に体格がいいから、並役が何かやっていたのかと聞いた。菊次郎は返答に困り、ただの大飯食いだと言っておいた。並役は帰る時は下帯も取って貰うぞ、と三人に言った。

次に並役は金吹所へ案内した。

金吹所のなかは、焼金場《やきがねば》、荒造り場《あらつく》、清造り場《きよつく》、色附場《いろつけ》などと、鋳造工程によって細分化されていた。それぞれ囲ったなかで作業が進められている。

朝のうちは各作業場を順繰りに見て廻り、一カ所が長くかかり、それで昼となって三人は庭へ出て官給の弁当を開いた。塩鮭《しおじゃけ》の焼いたのに煮豆、白米の結構な内容だ。

どうやら貞吉と彦六は顔見知りらしく、共に仕事にしくじり、誘い合わせて金座へ来た模様で、

「音に聞いちゃいたけんどよ、凄まじいな、金座ってな。あんな風に小判が作られてるのを見ると不思議な気持ちンなってくるぜ」

貞吉が言えば、彦六も合点で、

「おいらも無事に務まるかどうか、しんぺえになってきたよ。けどあの金ピカの小判を見てるとたまんねえな。喉《のど》から手が出そうにならあ」

二人が明るく笑い、おめえさんはどうだいと、貞吉が菊次郎に言った。

「おんなじだよ。誰しもが黄金の小判を見ると、われを忘れて欲に目が眩《くら》むというのがよくわかったな」

すると彦六が声をひそめ、

「あのよ、長え間にゃうめえこと小判を持ち出す奴がいたらしいぜ。出来立ての小判を厠《かわや》に落としといて、汲取人《くみとりにん》とぐるンなって持ち出したこともあったんだとよ。それからこっち、汲取りの時にも役人が立ち会うようになって、糞《くそ》まで調べるようになったって話よ」

「役人もつれえよなあ、そんなお役は」

午後になると、胴摺《どうずり》をやらされた。出来立ての小判の表裏に房州砂をつけ、縄たわしで一枚ずつ丹念に磨きをかける。

菊次郎は新品の小判を磨くうち、愛情が湧いてくるような妙な錯覚を持った。この一枚が誰の手に渡るのか、どんな所で使われるのか、そこに人生の悲喜交々《こもごも》がある。

人を狂わせることもあろうし、また幸せにもして、小判が人間社会に及ぼす影響は深いものがあると思った。

七つ（午後四時）近くになると金職人の全員が作業を終え、退散所の前に並ばされた。一人ずつ着物も下帯も取り、全裸になって並役たちの前に立つ。

検査をするのは並役だが、順番が廻ってきて、菊次郎はギョッとなった。

乾千景が上段の間に鎮座し、職人たちの全裸を見守っているのだ。

氷のような表情は相変わらずで、千景は男たちの一物《いちもつ》を見ても顔色ひとつ変えず、平然としている。

ではなぜこんな所に立ち合っているのか、菊次郎は不可思議に思えた。常式方としての責務なのか、それとも——。

まさか千景が興味本位で、一物の品定めをしているとは思えない。

菊次郎の番がきて、千景の前に立った。

（見破られるか）

手に汗握る思いがした。

月代と不精髭、それに顔をややうす黒く見えるように墨を塗って工作をしてはいるが、菊次郎の胸は不穏に鳴った。

だが何事も起こらず、千景は菊次郎に気づかぬ風で、許しが出た。

菊次郎がホッとして行きかかると、千景の声が掛かった。

「待ちゃれ」

その場に居合わせた全員が千景を見た。

菊次郎は生きた心地がしないまま、ゆっくりと千景の方へ向き直った。

九

「バレたんですか、菊さん」

お蔦が真剣な目で問い返した。

鈴之助、麦助、千代吉、お京らが勢揃いしていて、皆が固唾《かたず》を呑んで菊次郎を見守っている。

伏見屋の土蔵のなか、中二階の密談部屋である。夜となり、飛脚業務は終わっていた。

菊次郎は不敵な笑みを浮かべ、

「おれもそう思った。肝《きも》が冷えたが、腹を括《くく》って千景を見た。だがそれはおれを見知った目ではなかった」

「ではなぜ呼び止めたので？」

鈴之助が問うた。

「言い難いことだが……」

菊次郎は言い淀む。

「菊さん、なんでも言って下さい」

お京が真顔で言う。

「つまりその、一物を褒められたのだ」

全員が黙り込んだ。

お蔦とお京は目をまごつかせる。

やがて鈴之助が表情を弛めながら問うた。

「なんと言って褒められたのですか」

「立派であると」

「タハッ、参りましたな」

鈴之助は苦笑で嘆息し、

「男ばかりがひしめくなかに女が一人いて、男の持ち物を褒め称える。それは金座のお役とは関わりございませんな。年増女が男の吟味をしているのですよ。実に怪しからん」

「確かに怪しからんが、おれはそれで済んでホッとしている。どこかで会ったかと言われたらなんとしようと、冷や汗の掻き通しであったぞ」

一同の間に失笑が漏れた。

「で、どうでしたか、金座のなかは」

麦助が興味深げに問うた。

「凄まじかったな、小判造りの工程は。あそこで何千、何万という小判が鋳造されていると思うと、身の引き締まる感がした」

「でも菊さん、建部様のお話によりますと、今度二百万両の新小判が鋳造されるということですけど、そのことどう思われます」

これはお蔦だ。

「おれもそれを聞いた時は驚いた。できることなら二百万両は中止させたい。どうせ悪貨に決まっているのだ」

「どうやって中止に？」

麦助が身を乗り出して言った。

「裏に陰謀あらばそれが暴かれる。さすれば鋳造は頓挫《とんざ》せざるを得まい」

　さらに菊次郎は言葉を継ぎ、

「坊主娘の殺しがとんだ飛び火ではないか。これこそが天網恢々疎《てんもうかいかいそ》にして漏《も》らさずというやつだ」

「その坊主娘の妹ですが」

　千代吉が初めて口を切った。

「うん、夕紅がどうした」

「はっきり行く先をつかめたわけではないんですが、未だに奴は金座の周りをうろついて離れないような。わたしも二度ばかり見かけましたが、そのつど逃げられまして」

「やはり三右衛門を仇と狙っているのだな」

「そうだと思いますが、ひとつ気になることが」

「なんだ」

「例の小杉又四郎と一緒のところを見たのですよ。なぜ千景の元許嫁が夕紅と行動を共にしているのか、解せません」

「打ち解けた風だったか、二人は」

「馴れた様子ではありました」

「何かあるな、それは」

菊次郎の言葉に、千代吉はうなずき、

「引き続き探ってみますよ。夕紅と小杉がどんな話をしているのか、知りたいものです」

「よし、頼む」

「菊さん、あたしたちがもっと知りたいのは勘定奉行の神尾様と千景の仲ですね。もし裏に陰謀があるのならそいつをつかんで、二百万両の件を潰せるんですから」

菊次郎が深い目でうなずき、

「明日はもっと金座の奥深くへ忍び入りたいものだな。うむ、やるだけやってみようぞ」

決意表明した。

十

金座近くの北鞘町《きたさやちょう》、その裏通りにある木賃宿《きちんやど》の一室に夕紅はひそんでいた。

昼の間は動けないから寝てばかりいて、日が暮れると小杉が迎えに来て、二人して薄暮の町へ出て、金座を中心にして歩き廻った。

夕の七つになると、勘定方の役人も金職人もほとんどが帰る。それでもなかが真っ暗になるということはなく、大勢の人が蠢いているのがわかる。三右衛門や千景を始め、後藤の一族やその他居住している人たちもいるのだ。それに表門には不寝番がいるから、忍び入るのは絶望的だった。

その日も夕暮れを迎え、夕紅は一室で所在なげにしていた。

窓の向こうは茜空《あかねぞら》で、夕紅の頰まで赤く染まっている。

仇討が済んだらどうするのか、自訴する気がないのに変わりはないが、しかしその先をどうやって生きて行くのか、依然としてまったくの白紙だった。

茜空を見ていると、感傷が胸をよぎった。

幼い頃、うめとはるの姉妹は貧しさに身を寄せ合うようにして暮らしていた。今日のような茜空を見ては、気弱なうめは理由もなく哀しいと言った。そんな姉をはるは鼻で嗤《わら》って、世の中に理由もない哀しみなんてあるものか、きっと理由はあるのよ、姉さんの元々のそのいじけた気性がいけないのよと息巻いたものだった。だが今こうして姉妹があの世とこの世に訣《わか》れてみると、姉の理由のない哀しみがわかるような気がしてきた。やはり茜空は理由もなく哀しいのだ。この先を生きて行くのに途方にくれ、やっとそれがわかったような気がした。

　小杉又四郎が、夕紅の部屋へ入って来た。

「夕紅、よい知らせだ」

　夕紅が小杉を見た。

「三右衛門が禁足されているのは間違いないが、爺さんは夜になるとかならず一人で茶室に入るそうな。女中に聞いたから確かだよ」

「何をしてるの、そこで」

「茶を立てて瞑想《めいそう》に耽《ふけ》るのか、これまでの罪を悔いているのか、それはわからん。だがこれぞ絶好の機会と思わんか」

「どうやってお役所へ忍び込むの。守りは固いのよ」

「夜陰に乗じて裏門から入る。わたしが連れて行く」

　夕紅は夜具の下に隠した匕首《あいくち》を取り出し、「それならやるわ、今夜がいいわね」と言った。

　小杉が立ってうながすと、夕紅もそれにしたがいながら、間近で低い声で言った。

「あたし、割下水まで行って調べたの、あんたのこと」

「なに」

小杉の顔が一瞬ひきつった。

「そうしたらあんたの屋敷なんかなかった。小杉家は一年も前に廃絶ンなったたって言われたわ。どういうことなの、あんた誰なの。あたしを騙《だま》してるんなら承知しないわよ」

「待て、それは違うのだ」

「何がどう違うの。そんなことがわかったら信用できないでしょ。本当のことを言って」

小杉は笑みを浮かべ、なだめるように、

「話は道々する。ともかく金座へ行くんだ」

夕紅は疑わしく小杉を見ながら、

「あたしに嘘は通用しないわよ」

小娘が底光りのする目で言った。

第五章　黄金の夢

一

北鞘町から本両替町《ほんりようがえちよう》へ入り、金座の黒い大きな屋根を間近に見ながら、小杉は夕紅を人けのない稲荷の境内へ誘い入れた。

大銀杏《おおいちよう》の木の下、小杉は夕紅に立ち話で事情を打ち明け始めた。但し、夕紅を騙《だま》すためだから虚実入り混じっている。

「数年前にお役入りしたこともあったがうまくゆかず、元の無役に戻された。その頃に病弱だった妻を亡くしもしている。捨て扶持ゆえに活計《たつき》もままならず、それならいっそのことと思い、お家を潰《つぶ》した。つまり御家人株《ごけにんかぶ》を商人に売ったのだな。売ったといってもわずかな金だったからそれももはや底を突いた。すでにふた親はなく、親類縁者にも縁薄く、だからわたしは今や浪々の身となって長屋暮らしさ。おまえがいくら調べても、わたしの家がないのは当然のことだ。正直に明かさなくてすまなかった」

小杉の真摯《しんし》な目に夕紅は少し動揺し、恐縮までして、

「そうだったの……あんたも救われない人だったのね。同情するわ」

「この世をうまく泳げぬのだから、不器用者なのだな」

「そのあんたがどうして元の許嫁《いいなずけ》の周りをうろついてるの。出世した女なんて助けてくれるわけないじゃない。それくらいあたしにだってわかるわよ」

「うん、その通りだ。昔の情けに縋《すが》ろうとしたが、冷たい仕打ちをされたよ。少なからず遺恨を持って、なんとか掻き廻してやる手はないものかと思っていたのだ。それでそこへおまえの話がとび込んできた。絶好の機会と思ったよ。おまえの仇討に事寄せて、千景に意趣返《いしゅがえ》しをしてやろうというのがわたしの魂胆《こんたん》なのだ。おまえが意に沿わないと言うのならやめてもいい。おまえの仇討の手助けはしても、その後わたしは手を引くよ」

夕紅は小杉の話をよくよく咀嚼《そしゃく》して、

「三右衛門があたしに討たれるなんてことになったら大騒ぎよね。千景って人も困る

ことになるの？」

「千景は当主の三右衛門に頼りきっているからな、かなりうちのめされるだろう。金座中に激震が走るは必定だ。ざまあみろさ」

嘘を言いながら、小杉はひそかに夕紅の表情を盗み見ている。

夕紅は決意の目になると、

「それじゃあんた、金座へ案内して」

「覚悟はできているんだな」

「うん」

強い目で夕紅はうなずいた。

小杉は夕紅と共に稲荷を出ると、路地伝いに金座の裏門をめざした。誰ともすれ違うことはなかった。

やがて裏門に辿り着くと、二人は闇に沈んで様子を窺った。何人かの金座人や小者らの出入りがあって、それをやり過ごしてじっと待つうち、裏門は静まり返った。

小杉が夕紅をうながし、裏門へ近づいて行った。

すると小杉は裏門の右手につづく黒板塀を、何かを探すように手の平でなぞってゆき、やがて目当てのものを見つけだした。それは小さな取っ手で、横に引くと隠れていた戸が開いた。恐らく賄いの者や女中たち専用の出入口と思われるが、そんなものをなぜ小杉が知っていたのか、夕紅はちょっと訝しく思ったが口には出さず、小杉にうながされるまま邸内へ入った。

裏庭は真っ暗で、どこに何があるかわからないが、小杉は承知した様子で夕紅の先に立ち、闇の中へ突き進んで行った。そのあとにしたがいながら、さすがに夕紅は緊張が隠せない。

三右衛門は茶室で何をするでもなく、ぼんやりと端座《たんざ》していた。年のせいか、近頃こうしてぼんやりしている時が多くなったような気がする。ぼんやりするには、この茶屋が静かで、最適なのだ。

茶室は入母屋造《いりもやづく》りで、三右衛門がいる座敷は茶室の標準である四帖半より広く、八帖ほどである。大下地窓《おおしたじまど》で風炉《ふろ》が設けられ、次の間の鎖《くさり》の間も六帖余と、茶室としてはやはり広い造りになっている。鎖の間というのは茶室の付属室のことで、来客時に料理を出し、膳立てをするから、囲炉裏《いろり》の間とも言われている。時にここで勘定方の役人を大勢招き入れ、茶会を開くこともあるのだ。

三右衛門に茶の湯の趣味などあろうはずもないが、その夜は千景に茶室へ来てくれ、折り入って話したいことがあると言われたので、官宅の自室を出て、敷地内の北向きにあるここへ来て待っているのだ。

なんの話があるのかわからないが、千景の方から声を掛けてくることなどこのところなかったから、三右衛門は少し嬉しい気持ちになっている。

彼女が翻意《ほんい》してくれ、二人の仲を修復する気なら応ずるつもりでいた。

すべてが元へ戻ることを三右衛門は願ってやまない。そうなれば妻恋町の別宅へ赴《おもむ》き、また遊蕩三昧《ゆうとうざんまい》に耽《ふけ》ることができる。それが何より彼の生き甲斐《がい》であり、楽しみだった。元はこんな腑《ふ》抜《ぬ》けた老人ではなかったのだが、金座の当主に仕立てられ、なんの能力もないのに祭り上げられるうちにどこか箍《たが》が弛《ゆる》み、快楽ばかりを追い求めるようになってしまった。

それを悔いる気持ちなどさらさらなく、思い描くのは年若い娘の新鮮な肉体であった。

そこへ夕紅が、貴人口から音もさせずにすばやく侵入して来た。

「ああっ、おまえは」

仰天した三右衛門が立ちかけ、腰が抜けたようにドスンと尻餅をついた。

すかさず夕紅が取りつき、その胸ぐらを取り、ふところから匕首を抜いて切っ先を

突きつけ、

「しつこいのよ、あたしは。姉さんの仇を討つまでは諦めない。さあ、観念するのね」

今しも突き刺さん勢いで嚙みついた。

「落ち着け。おまえの姉を手に掛けたのはわしではない」

「じゃ、誰なの」

「千景じゃ。千景の仕業とわしは思っている」

「なぜ千景があたしの姉さんを」

「知らん、そんなことは。ともかく早まったことをするでない。この期《ご》に及んで嘘などつかん」

そうまで言われると夕紅の決意もぐらついてきて、火のような目で三右衛門を見て、

「娘たちをどうして丸坊主にしたの。そのわけを言いなさいよ」

「そ、それは……」

三右衛門は言い淀む。

「言いなさいよ、なぜなの」

「元はつまらんことじゃ」

「だからなぜなの」

　夕紅の追及は止まらない。

「十六の時に筆下ろしをした。その相手が比丘尼《びくに》だったんじゃよ」

　比丘尼とは尼僧姿の私娼《ししょう》のことだ。剃髪して墨染《すみぞ》めの衣《ころも》を身に纏《まと》い、舟の上などで春を売るのだから夜鷹《よたか》と変わらない。

「それがたまらなくよかった。その比丘尼が親切にわしを導いてくれた。身も心もとろける思いを味わった。それ以来、比丘尼買いをつづけた。女房を娶《めと》っても思いは変わらなかった。御金改役に推挙《すいきよ》され、金を好きに使えるようになってからはもう比丘尼三昧《ざんまい》じゃった」

　夕紅は反吐《へど》の出そうな気持ちを抑えて聞いている。

「やがて巷《ちまた》で巳之介という男と知り合って、比丘尼に飽き足りなくなっていたわしに、奴は娘を調達することを申し出たんじゃ。むろん巳之介にとってはわしから貰える法外な手間賃が目当てじゃ。巳之介はよくやってくれた。年若い器量よしの娘を金で面を叩き、剃髪することを承諾させ、わしはこの世の極楽に浸ることができたんじゃ」

「うんざりする話ね。まともじゃないわよ、爺さん」

「なんとでも言うがいい。重ねて言うが、おまえの姉の命など奪っておらんぞ。わしの知る限り、あの娘は十両貰って喜んで帰って行った。納得ずくのことなんじゃ。その後のことは本当に知らん」

「何か不都合なことがあって姉さんは手に掛けられた。そうなんでしょ」

三右衛門が目を泳がせ、思いめぐらせて、

「ふ、不都合なこととはなんじゃ……ああ、一度だけ千景が湯島に来たことがあった。おまえの姉とやらがいたのはその日だったかも知れん」

「千景が来て何があったの」

「わしに説教をして行きおった。いつまでも火遊びはやめろと。その時、新しい小判の話が出た。ま、まさかあれを聞かれたのではあるまいな……」

三右衛門の視線が不安に揺らぐ。

「小判の話って何よ、人に聞かれたらマズいことでもあったのね」

「知らん、わしは何も知らん」

三右衛門は耳を手で塞《ふさ》ぐ。

「あんた、まだ隠していることがあるわね。洗い淩い言っちまいなさいよ」

執拗に夕紅は迫る。

三右衛門は青い顔になって腰で後ずさり、

「よせ、よしなさい。刃物など向けんでくれ。わしはまだ死にとうない」

震える両手を合わせ、命乞いをした。十七の娘の前で土下座《どげざ》をする。見れば三右衛門はよだれを垂れ流した憐れな老人の姿になっていた。痩せ細った躰からは力が失せ、それは弱者以外の何者でもない。

それを見た夕紅の決意が鈍った。こんな爺さんを手に掛けるのかと思うと、さすがに胸の悪い思いがする。

だが心を鬼にして刃先を向け、

「許せない、容赦なんかしないわ」

「うわっ」

叫ぶ三右衛門に夕紅がとびかかり、首根をつかまえて匕首をふり上げた。その時、三右衛門と目と目が合った。どこまでも憐れなその姿に、夕紅の心が折れた。

「ど、どうしてよ、畜生っ」

匕首を下げ、慙愧《ざんき》の念に堪えず、おのれを情けなく思った。

その時、鎖の間から小杉が入って来た。

夕紅がハッと見やると、小杉は三右衛門の襟首を捉えて引き倒し、脇差を抜いて無情にもその腹を刺した。三右衛門が絶叫を上げて転げ廻る。

小杉は冷然と夕紅を見ると、

「仇を討て」

と命じた。

夕紅はあまりのことに自失し、言葉が出てこない。

「今だ、止《とど》めを刺せ」

悶え苦しむ三右衛門は、血の海のなかを這い廻っている。

「どうした、臆したのか、それならわたしが代りに」

小杉が三右衛門をさらに引き据え、馬乗りになって脇差で心の臓を刺した。

「ああっ、ううっ」

三右衛門は泣き叫びながら絶命する。

「あ、あんた、どうしちゃったの、なんでそこまでして」

夕紅が取り乱し、金切り声になった。

「筋書はできている」

「なんだって」

「三右衛門の爺さんはおまえという狼藉者に討たれた。いくらおまえが嘘だと言い張っても、クズの戯言《ざれごと》になど誰が耳を貸すか。滑稽だな。仇討に取り憑《つ》かれた哀れな小娘が」

　夕紅の顔から血の気が引いた。

「騙したのね、あたしを」

　蒼白《そうはく》になって吠えた。

「おまえは町方に送られ、裁かれる。助かる見込みはどこにもないのだ」

「汚い」

　夕紅が憤怒《ふんぬ》の形相になって小杉に突進し、大刀を鞘ごと腰から引き抜き、鯉口《こいぐち》を切って抜刀し、鞘を捨て去った。一瞬の出来事だ。

　小杉が唖然《あぜん》となり、信じられない目になって佇立《ちょりつ》する。

　夕紅は刀を正眼に構え、烈しく睨み据えて近づく。剣術を会得《えとく》しただけのことはあり、腹が据わっている。

「あんたはあたしをハナっから嵌《は》めるつもりだった。そうなのね。みんな嘘だったのね」

　夕紅が刀を八双《はっそう》に構え、「許せない」と叫び、突き進んだ。

　そこへ鎖の間の襖が勢いよく開けられ、千景お抱えの七人の浪人団がズラッと立った。小杉は群れのなかへ泡を食って逃げ込み、入れ違いに浪人団が殺意をみなぎらせて踏み込んで来た。

夕紅と浪人団の激烈な闘いとなった。白刃と白刃が鋭い金属音をさせて激突し、刃風が唸る。風炉の釜がひっくり返って湯をこぼし、灰神楽《はいかぐら》が上がった。襖が真っ二つに切り裂かれる。

無数の足音が入り乱れるなか、夕紅がいきなりサッと身をひるがえし、貴人口の障子を蹴破って庭へ転げ出た。

すかさず浪人団が追跡し、暗闇に逃げ去る夕紅を追って行った。

ひと息つく小杉の背後に、きらびやかな衣装に身を包んだ千景が立った。夜目にもその美貌が際立って見える。少し前に官宅から渡り廊下を経てやって来て、そこでのやりとりをすべて聞いていたのだ。

「仇討本懐《ほんかい》、よかったの」

皮肉な声で千景がつぶやいた。

小杉は無言で一礼し、千景の顔を卑屈な目で盗み見て、

「あの娘が剣術使いとは知らなかった。迂闊《うかつ》であった。逃げられることも想定外だった」

「…………」

千景は何も言わず、小杉へ誘う目をくれて身をひるがえした。小杉がその後を追って行く。

三右衛門の死骸を放ったまま、この後二人だけの宴を持つつもりなのだ。

二

その晩金座を見張っていたのは若い千代吉とお京で、夜も更けてきたので引き上げようとしていた。

路地裏にひそんでいたが、二人はもぞもぞと通りの方へ出て来た。

人通りの途絶えた往来は靄が立ち籠め、幽玄《ゆうげん》な雰囲気を醸《かも》し出している。猫の子一匹通らない。

「なんだかねえ、もうすぐ春って感じよね」

「そうかなあ、まだまだ寒いぜ」

「吹く風の匂いが違うのよ、花の香りがするのよ」

千代吉は笑っている。

「ねっ、千代吉さん」

「なんだ、どうした」

「あたし、さっきから胸騒ぎがしてならないの」

「どんな？　根も葉もないこと言うなって」

「違うのよ」

「もう帰るぞ、わたしはこれから屋敷へ帰らなくてはいかんのだ。おまえは伏見屋ですぐ横になれるが、こっちは妻子はなくともふた親が待っているんだからな。おまえとは違うのだよ」

「わかってますよ、そんなこと」

乱れた足音が聞こえてきて、お京がそれに気づき、

「ちょっと、何今の」

「気のせいだろう」

「ううん、でも……」

お京は腑に落ちない。

通りの向こうにもつれるような足取りで、夕紅の黒い影が見えた。顔は定かではない。

「あっ、人が」

お京が小さく叫び、千代吉もそっちを鋭く見た。

夕紅が刀を閃《ひらめ》かせ、浪人団も白刃で応戦している。何振りもの白刃が月光を浴びてキラッと光った。

二人は夕紅へ向かって突っ走った。

夕紅は元結《もとゆい》が外れて髷《まげ》が乱れ落ち、着物も血に染まって、烈しく喘《あえ》ぎ、肩で荒い息をしている。それでも目を剝き、必死で闘っている。

千代吉が小石を幾つか拾い、浪人団めがけて無差別に投げた。命中して何人かが呻き、怒りの声を漏らす。

お京はとっさの機転で呼《よ》び子《こ》を吹きまくった。こんな時のためにと、ふところの奥深くに所持していたのだ。

浪人団が呼び子に狼狽し、隊列が乱れて右往左往となった。

近隣の家々の戸が開けられ、騒ぎを聞きつけた住民が何事かと表へ出て来た。

それを見た千代吉が夕紅に駆け寄り、手を取った。だが夕紅はその場に力尽きて崩れてしまう。それでも刀だけはしっかり握りしめている。

「おい、夕紅」

「夕紅ちゃん」

お京も叫んだ。
浪人団は切歯《せっし》して消え去った。
二人して夕紅を抱き起こす。
千代吉が刀をもぎ取りながら、
「夕紅、おまえ、何をしたんだ」
夕紅の肩を揺さぶってなじった。
するとタ紅はひきつったような笑みを浮かべ、
「馬鹿だったのよ、あたしが。金座へね、向こう見ずに押し込んだの。そうしたら
……」
悔し泪《なみだ》で言い、言葉の途中でコトッと意識を失った。

三

白い裸身を晒した白狐が、悦楽の境地をさまよっていた。
喜びを与えている黒い狐は小杉だ。
金座官宅の奥の院で、千景の私室である。

「抜かずに、のう……もっと突け……」

夢見心地のようにして、千景は言う。

小杉がここを先途《せんど》と攻め立てれば、白狐はたちまち白蛇に変身し、男の躰に吸いつき、絡みつく。腰を使って律動する。

「よい、ゆけ」

白蛇に命じられ、男は坂を登りつめて果てた。

ぐったりする小杉に、すぐさま千景はのしかかり、

「ひと休みじゃ、夜は長い」

「…………」

小杉は内心では辟易《へきえき》だが、みずからを鼓舞し、千景の唇を吸う。吸いながら小杉がハッと気づくと、千景が射るような目で見ていた。唇を離し、小杉は戸惑う。

「哀れな男よのう、貴様は」

男言葉で、千景は傲慢に言い、

「浪人どもに打ちすえられ、このわたくしからも邪険に扱われ、それほどの屈辱を受けながらも、消え去るどころか頭を下げて情けを乞う。昔の貴様はそれほど腐ってはいなかった」

「妻も家もなくしたがゆえやむを得まい。縋るのは今やおまえしかいない。あの浪人たちのようにおまえの手足になって働きたい。そう思って夕紅を取り込んだ。三右衛門の討手《うって》として恰好の獲物だったではないか」

千景は鼻で嗤《わら》い、

「それは認めようぞ。貴様が金座に駆け込んで参り、夕紅の話を持ってきた時は、降って湧いたような話に驚きもしたが、これぞまさしく千載一遇《せんざいいちぐう》の好機ととらえて利用した。貴様の手柄じゃ」

金座専門の隠し戸から、小杉と夕紅が侵入できたのは、千景の指図によるものであったのだ。

「教えてくれぬか。なぜ三右衛門を亡き者にせねばならなかった」

小杉の問に、千景は口許を歪め、

「無用の長物《ちょうぶつ》、とでも言おうかの。おとなしく暮らしていればよいものを、くだらぬ娘漁《あさ》りなどしおって、こちらの立場を危うくした。事が表沙汰にでもなれば只では済まぬ。十一代庄三郎のように島流しじゃ。不祥事は一度で充分であろう」

「代りはいるのか、三右衛門の」

千景はうなずき、

「為《な》り手《て》はいくらもいる。また後藤一族のなかより傀儡《かいらい》になる者を探せばよい」

「そうしておまえは陰の支配をつづけるのだな」

「左様」

千景の白い手が小杉の躰に伸びてきた。やわらかくまさぐり始める。

「夕紅の姉や、三右衛門の手下《てか》の巳之介をなぜ手に掛けた」

「そんなことはもはやどうでもよかろう。いらざる邪魔者を取り除くは当然ではないか。もうそんな話はよせ。さあ、さあ……」

千景にせがまれ、また躰を巻きつかれ、小杉は女体に埋もれて行った。

「おれを手下に加えてくれるのだな。よいのだな、千景よ」

それには答えず、千景の口から喜悦の声が漏れてきた。

四

翌日——。
日の暮れ近くとなり、金座の退散所に金職人が全裸で立ち並んでいた。自前の衣類は全員が丸めて帯で括り、小脇に抱えている。

小判を持ち出されぬよう、役人が金職人の口中や頭髪を改め、青竹の横木を跨がせ、衣類も広げて念入りに調べている。

それらの光景を、千景は上段に端座して見守っていた。

その日も彼女の美貌は冴え渡り、女っ気の少ない金座ではひと際輝いて見える。

そのうち千景がふっと何かに気づき、職人録をたぐり寄せて仔細《しさい》に見入った。不審を抱いた顔になり、目についた金職人の貞吉と彦六に向かって、

「その方たち、仲間の菊次はどうした。どこへ参った」

眉間を寄せて問うた。

二人はオドオドと見交わし合い、同時に前を恥ずかしげに隠しながら、知らないと答えた。

その様子を見ていた北町同心の中村小八郎が、千景の前へ進み出て膝を突いた。

「何かご不審でも？」

たかが御金改役の常式方といっても、今の千景の権勢がわかっているから、不浄役人は必要以上にへりくだる。

「菊次とやらはどこへ参った」

「菊次とは……」

中村が内心は慌てるも、一応は惚《とぼ》けてみせる。

千景は一物の立派な男とは言えないから、

「ほれ、元木戸番の、図抜けて大きなあの男じゃ」

「ああ、あの菊次ですか。あれならもう辞めましたが」

「なに、辞めた？」

「はっ」

「妙じゃな、朝の改めの時にはいたように思いましたが」

「途中で辞めさせてくれと申し、やむなく許可しました。菊次に御用でも？」

「用などあろうわけが……」

千景は浮かぬ顔になっている。

「職人の出入りのはげしいのは仕方ございますまい。昨日とて二人辞めておりますゆえ」

「菊次が金座を出て行くのは見たのですか」

千景の問いに、中村は即答する。

「はっ、確《しか》とこの目で。菊次めに何かございましたかな」

「もうよい」

千景がはねつけるように言い、中村は慇懃《いんぎん》に一礼して身を引いた。彼の目は不安にさまよっている。千景に申し述べたことはすべて嘘なのである。菊次郎に言われた通りに、辞めたことにしたのだ。もし千景が菊次郎に不審を抱いたとしたなら、面倒なことになるかも知れない。

(冗談じゃねえぜ、こっちに飛び火してこねえだろうな)

奥祐筆が潜入して何をやっているのか、中村にとっては知ったことではないのだ。また知ろうとも思わないが、問題が起こるのは御免《ごめん》蒙《こうむ》りたい。

だがその不安は杞憂《きゆう》に終わった。

並役があたふたと駆けつけて来て、千景に急な来客を告げたのだ。

「千景様、勘定奉行様がお見えに」

「左様か」

席を立つ千景に、中村が声を掛けた。

「千景様、三右衛門様のおとむらいの日取りはもうお決まりに?」

「いいえ、まだ何も。茶室で心の臓の発作で急死なされたのです。外聞《がいぶん》があるので当分は口外せぬように」

「ははっ」

立ち去る千景を、中村は含みのある目で見送った。

（ありゃなんかあったな……まっ、いずれにしてもこっちにゃ関わりねえ。触らぬ神に祟《たた》りなしよ）

菊次郎から握らされた一両を大事にふところに収め、中村は持ち場へ戻って行った。

五

その頃、菊次郎は金座の炭小屋に隠れていた。

昼は何食わぬ顔で金職人をやっていて、夕方が近づく頃にこっそり抜け出したのだ。だから身装は金職人の仕着せのままだ。

真っ暗ななかに身をひそめ、菊次郎は忸怩《じくじ》たる気持ちで、夕紅のことに思いを馳《は》せていた。

昨夜伏見屋に担ぎ込まれ、医者の手当てを終えた夕紅は小部屋で臥《ふ》せっていた。他の者は遠ざけ、菊次郎だけが枕頭《ちんとう》に侍《はべ》って介抱《かいほう》をつづけた。

「あたしさあ、なんかさあ……」

気だるいような口調で夕紅は言う。

「どうした」

「短い間にいろんなことがあって、目まぐるしいったらなかったわよ。まだ十七年しか生きてないってのにさ、同い年で何も起こらない平和な子はいっぱいいるはずよね」

「そうだな」

「だって菊さん、あたし女郎までやってたのよ。信じられる？　来る日も来る日も客を取らされて、いい加減うんざりだった」

「女郎は自分から志願したのではないのか」

「あ、そうか、そうだったわね」

夕紅はケラケラと笑い、

「肝心なこと忘れちゃいけないわ」

「少し寝たらどうだ。話は明日ゆっくり聞いてやる」

夕紅は菊次郎の言葉など聞き入れず、不意に菊次郎の口調を真似て、

「おまえは拗ねるばかりで先がない。閉ざされている。そんな娘の戯言を聞いていると陰々滅々とした気分になってくる。これは度し難い。おまえの話はつまらんの一語

に尽きる――って言ったわよね、菊さん」

「お、おい……」

菊次郎はまごつく。

「それにこうも言ったわ。誰にでも一度は幸福が訪れる。天の思し召しだって。あれ、本当？」

「ああ、嘘ではないぞ。おれはそう信じて生きている。おまえも信じろ」

「うん、そうする。菊さんの言うこと、外れてないものね」

そう言ったあと、キラキラと目を輝かせて、

「ねっ、菊さんの奥さんてどんな人？　前に聞いたら春奈さんて名前、教えてくれたわよね」

菊次郎は困った顔になり、

「春奈はな、ひと口では言えぬ女なのだ」

「そんなに難しい人なの？」

「う、うむ、難しいと言うのかなんと言うのか、返答に困るところだな」

「いいんじゃない、菊さんも一風変わった人だから」

「そうかな」

「そうよ、一度会ってみたい」

「構わんぞ、疵《きず》が癒《い》えたらな。存外おまえと話が合うかも知れん」

「この疵、癒えるかなあ」

夕紅はもう目が見えなくなっていて、焦点が定まらず、菊次郎を探すように見廻して、

「菊さん、どこにも行かないでね」

「ここにいるぞ」

菊次郎が夕紅の手を握ってやる。

「不思議なご縁でしたね、菊さんとは。最期になってあたし、いい人に出会えたみたい」

「そんな風に言うな、悲しくなるぞ」

「三右衛門て爺さん、可哀相《かわいそう》な人だったわ。姉さんを手に掛けたのはあの人じゃなかったの。もう、誰が誰やらわかんなくなっちまったけど、悪いのはね、小杉って侍、それと千景なのよ」

「それはこっちにもわかっている。もういいから寝ろ」

「添い寝してくれる?」

「…………」

「あたしじゃ嫌なの？　春奈さんに叱られるかしら」

　菊次郎は夕紅の横に身を滑らせ、抱き寄せた。

　夕紅は縋りつくようにして身をすり寄せてくる。

「暖《あ》ったかい、菊さんて」

「何も言うな」

　夕紅の躰は冷たい。

「姉さんの仇、おれが取るぞ」

「…………」

「おい、はる」

「はるじゃない、夕紅なの」

　蚊の鳴くような声で夕紅は言う。

「夕紅、頑張るのだ」

「うん、でもねえ」

「でも、なんだ」

「…………」

菊次郎の腕のなかで、夕紅は静かに息を引き取った。

この小娘に情愛を感じていた。

深く長くつき合ったわけではないが、菊次郎にとっては幼な子の死を看取るような気持ちだった。思い切ったことを平然とやってのけるくせに、悪びれず、どこか憎めない娘だった。これでも夕紅は一生懸命生きていたのだ。

その若い芽を摘み取る権利は誰にもないはずだ。沸々《ふつふつ》と言い知れぬ思いが突き上げてきた。

炭小屋のなかで、菊次郎が立ち上がると、そこへ音もなく戸が開き、ぬっと黒い影が入って来た。内蔵助だ。

それには中村がしたがっていて、彼はどぎまぎとした目で辺りを見廻し、

「お二人とも、よいですか。それがしの助っ人はこれまでですからね。用心棒の浪人どもは母屋の長廊下の突き当たりの十帖間です。さらにそこから渡り廊下を行くと千景の座敷になります。お二人がこれから何をしようとしているのか、それがしは一切関知しませんから。よいですな、知りませんぞ」

二人は無言だ。

言うだけ言うと、中村はこそこそと消え去った。

内蔵助は抱えていた風呂敷包みを菊次郎に放り、

「出陣だぞ」

怒ったような声で言った。

包みのなかには大刀ひと振りと、着替えが入っていた。


小杉と浪人七人が十帖間で酒盛りをしていた。

そこへ菊次郎と内蔵助がいきなり踏み込んで来た。

菊次郎は着流しに大刀の落とし差しの姿になっている。

浪人たちが騒ぐより早く二人はすばやく動いて抜刀し、片っ端から峰打ちで打撃して行く。声も音も立てず、浪人たちは次々に倒される。

逃げ惑う小杉に迫り、菊次郎は刀の峰を返して、

「許せんな、貴様だけは」

小杉を袈裟斬りにした。

五

奥座敷で、勘定奉行神尾能登守と千景が差し向かいで酒を飲んでいた。

辺りは静謐《せいひつ》に満ち、風の音ひとつしない。

「突然のお運び、どうなされたのですか、殿様。お見えになるならなるで、ひと言お知らせ下さればよろしいものを」

日頃の権高さは蔭をひそめ、千景は神尾におもねり、媚態《びたい》を見せている。

だが神尾は硬い表情を崩さぬまま、酒を口に運び、

「新しく吹き立てる小判二百万両の件だが」

「はい」

千景が表情を引き締め、座り直す。

「鉛の量を増やし、おなじ高の黄金で四百万両を作る。一枚の小判のなかの黄金を半分に減らすのだ」

千景は畏まって頭を下げ、

「すべてはお上の台所を潤すためでございますね」

「そうではない」

「えっ」

「わしとその方のふところを潤すのだ。指図料としてわしに五万両、その方には一万両を分け与える」

千景は何も言わない。

「よいな、それで」

「…………」

「どうした、千景」

「わたくしに二万両、殿様は四万両では」

「なに」

笑みを含んだ二人の視線が、静かな火花を散らした。

長い間があった。

不意に、神尾が高らかな笑い声を上げた。

千景は神尾が折れてくれたと思い、ホッとして表情を弛める。

「わたくしのわがまま、聞いて下さりますするのか、殿様」

「そうはゆかぬ」

「何ゆえ」

千景が険しい目になった。

「わしの五万両には口止め料も入っている」

「口止め……」

「三右衛門の横死は謀《はか》られたものであろう。その方が手の者を使って仕留めた。心の臓の発作など、真っ赤な嘘だ。違うか。まだあるぞ。その方はほかにも何人かを手に掛けている。すべてお見通しなのだ」

千景は表情を消してうつむく。

「怖ろしい女よのう、その方。油断をしたらすぐに寝首を掻かれる。ゆえにわしはほどのよい距離を取って、その方とつき合うことにしている」

「ほどのよい距離とは……」

「心を奪われぬことじゃ」

神尾が千景を抱き寄せた。

千景はふわっとしなだれかかり、艶冶《えんや》とした笑みを浮かべて、

「持ちつ持たれつでござりまするな、わたくしと殿様とは」

「黄金に塗《まみ》れたなかでよい夢を見ようではないか、この先もな」

「はい」

千景を押し倒し、神尾が身を重ねたところで、廊下でみしっと足音がした。

神尾がすばやく反応し、千景から離れて大刀をひっつかんだ。千景も身繕《みづくろ》いをして懐剣に手を掛ける。

「誰だ」

神尾が低い声で誰何《すいか》した。

襖が静かに開けられ、菊次郎と内蔵助が並んで顔を見せた。

「貴様ら」

神尾が憤怒の形相になった。

千景は慌てることなく、冷然と二人を見ている。

内蔵助がうんざりした顔つきを見せ、

「いやもう、驚きましたな。勘定奉行と御金改役が組めばなんでもできるとは。質の悪い小判は願い下げにして貰いたいですぞ」

神尾は押し黙ったまますっくと立ち、ギラリと抜刀した。

「誰かある」

千景が叫んだ。

菊次郎と内蔵助は見交わして静かに笑う。

「七人の用心棒は今頃は白河夜舟《しらかわよぶね》だ。われら二人で眠らせてやった。小杉というおまえのいろだけはあの世へ送った。許せぬ人でなしだからな。それに加えておまえたち二人も送ってやる。このこと、ご老中も承知している」

菊次郎の言葉に、千景は愕然となる。

「うぬっ」

神尾が兇刃を閃かせた。

それより早く菊次郎が抜く手も見せずに抜刀し、

「念仏なしで引導《いんどう》を渡してやる」

ひと声吠え、神尾を真っ向唐竹割《からたけわ》りに斬り裂いた。

「ぐわっ」

神尾が絶叫を上げて横転し、暫し足掻《あが》いていたが、やがて力尽きて絶命した。

千景は懐剣を構え、じりっと後ずさりながら、

「その方たち、黄金の夢を見る気はないか。わたくしと手を組まぬか」

「幾らくれるのだ、われらに」

内蔵助が皮肉な笑みをくれながら言った。

「幾らでもくれてやる。希《のぞ》みのままじゃ」

「わしの希みはな、おまえが死ぬることだ」

内蔵助が千景を一刀両断にした。

二人は血刀を懐紙で拭い、ひそやかで熱い目を交わし合った。

「せいせいしたな」

内蔵助が言えば、菊次郎もうなずき、

「ああ、せいせいした。これでよい」

二人して消え去った。

七

春奈がうきうきと旅支度をしていた。

「忘れ物、忘れ物は……」

携行品調べに余念がなく、声に出して、

「えー、扇《おうぎ》、矢立《やたて》、鼻紙、道中案内、糠袋《ぬかぶくろ》、大財布、小財布、巾着《きんちゃく》、耳掻《みみか》き、小硯《こすずり》箱《ばこ》、小算盤《こそろばん》、秤《はかり》、薬袋、針と糸、提灯《ちょうちん》、蠟燭《ろうそく》……うん、これだけあれば大丈夫。鬼に金棒」

春奈の希み通り、これから菊次郎と二人で江ノ島の海を見に行くのである。

諸道具を手行李《てごうり》二つに詰め込み、それを肩に振り分け、埃避《ほこりよ》けの頭巾を被《かぶ》って菅《すげ》笠《がさ》を携《たずさ》え、春奈は自室を出ていそいそと菊次郎の居室へ飛んで行った。

「殿様、お支度が整いましたけど」

春奈の大仰《おおぎょう》な旅支度に菊次郎は目を剝き、

「お、おい、春奈、行く先は高々江ノ島なんだぞ。それでは陸奥《みちのく》辺りに長旅でもするようではないか」

「でもう、旅先でもしものことがあったら。わたくしたち二人が路頭に迷ったらどうしますの」

「いや、しかしそれにしても。もそっと軽くならんのか。おれは気楽におまえと二人で江ノ島へ」

「わたくしのよかれが気に入らないのでござりまするか。折角ご用意しましたのに。またやり直すなんて、そんな」

春奈は半分泣きっ面になっている。

そこへ庭先に麦助が姿を現し、菊次郎に目配せした。

菊次郎が庭下駄をつっかけ、そっちへ行って麦助と何やら密談を交わす。指示を受けて麦助は消え去り、菊次郎は申し訳ない顔で戻って来ると、

「春奈、とんでもない事件が起こった。すまんが江ノ島は先延ばしだ」

「ええっ」

春奈はくらくらっとなる。

「ほんの少しだけ待ってくれ、頼む」

ぐずり始めた春奈がやがて大泣きとなり、菊次郎は慌てまくって、必死で取りなした。

ひとたび泣きだすと、春奈の泪は止まらないのである。

時代小説

二見時代小説文庫

地獄耳《じごくみみ》2 金座《きんざ》の紅《べに》

著者 和久田正明《わくだまさあき》

発行所 株式会社 二見書房
東京都千代田区三崎町二-一八-一一
電話 〇三-三五一五-二三一一［営業］
〇三-三五一五-二三一三［編集］
振替 〇〇一七〇-四-二六三九

印刷 株式会社 堀内印刷所
製本 株式会社 村上製本所

落丁・乱丁本はお取り替えいたします。
定価は、カバーに表示してあります。

ISBN978-4-576-17025-1
http://www.futami.co.jp/

和久田正明　地獄耳1～2
浅黄 斑　無茶の勘兵衛日月録1～17
　八丁堀・地蔵橋留書1～2
麻倉 一矢　剣客大名 柳生俊平1～5
井川 香四郎　とっくり官兵衛酔夢剣1～3
大久保 智弘　御庭番宰領1～7
沖田 正午　殿さま商売人1～4
　北町影同心1～4
風野 真知雄　大江戸定年組1～7
　はぐれ同心 闇裁き1～12
喜安 幸夫　見倒屋鬼助 事件控1～6
　隠居右善 江戸を走る1～2
倉阪 鬼一郎　小料理のどか屋 人情帖1～19
小杉 健治　栄次郎江戸暦1～17
佐々木 裕一　公家武者 松平信平1～15
高城 実枝子　浮世小路 父娘捕物帖1～3
早見 俊　目安番こって牛征史郎1～5
　居眠り同心 影御用1～21

幡 大介　天下御免の信十郎1～9
花家 圭太郎　口入れ屋 人道楽帖1～3
　夜逃げ若殿 捕物噺1～16
聖 龍人　火の玉同心 極楽始末1
　公事宿 裏始末1～5
氷月 葵　婿殿は山同心1～3
　御庭番の二代目1～3
　女剣士 美涼1～2
藤 水名子　与力・仏の重蔵1～5
　旗本三兄弟 事件帖1～3
　隠密奉行 柘植長門守1～2
牧 秀彦　八丁堀 裏十手1～8
　孤高の剣聖 林崎重信1～2
森 真沙子　日本橋物語1～10
　箱館奉行所始末1～5
　時雨橋あじさい亭1
森 詠　忘れ草秘剣帖1～4
　剣客相談人1～18